我大清，一言难尽呐

68位大清直隶总督的生态述职

毕东坡 / 著

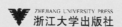
ZHEJIANG UNIVERSITY PRESS
浙江大学出版社

图书在版编目（CIP）数据

我大清，一言难尽呐：68位大清直隶总督的生猛述
职 / 毕东坡著. — 杭州：浙江大学出版社，2013.1
ISBN 978-7-308-10841-6

Ⅰ. ①我… Ⅱ. ①毕… Ⅲ. ①长篇历史小说－中国－
当代 Ⅳ. ①I247.5

中国版本图书馆CIP数据核字(2012)第277002号

我大清，一言难尽呐：68位大清直隶总督的生猛述职
毕东坡　著

策 划 者　蓝狮子财经出版中心
责任编辑　王长刚
出版发行　浙江大学出版社
　　　　　（杭州市天目山路148号　　邮政编码　310007）
　　　　　（网址：http://www.zjupress.com）
排　　版　杭州林智广告有限公司
印　　刷　浙江印刷集团有限公司
开　　本　880mm×1230mm　1/32
印　　张　9
字　　数　214千
版 印 次　2013年1月第1版　2013年1月第1次印刷
书　　号　ISBN 978-7-308-10841-6
定　　价　29.80 元

目录
CONTENTS

目 录
CONTENTS

目录
CONTENTS

我大清,
一言难尽呐

直隶总督述职大会闭幕式

参考书目

乱世出枭雄，盛世话总督

北吞大漠，南亘黄河，中更九水合流，五州称雄，西岳东瀛一屏障；
内修吏治，外肆戎兵，旁兼三口通商，一代名臣，曾前李后两师生。

这是河北保定直隶总督署大门两侧的黑底金字对联。对联涵盖了直隶总督所管辖的地域、直隶总督的重要性、直隶总督的权势职责等。气势磅礴的对联背后是一位位风光无限的直隶总督，滚滚历史长河淘尽多少英豪。如今的总督署门前依旧热闹非凡，游客们观光拍照缅怀历史，没有了当初戒备森严的衙门氛围，总督署也完全融入了现代生活的河流中。

对联中只体现了曾国藩、李鸿章两位清末的风云总督，他们是咸丰以后的代表，也是清朝末期的"中兴之臣"。很显然，直隶总督不仅仅是他们两位，前后一共有74人，99任，许多人多次担任、挂职此显赫官位：有走马观花蜻蜓点水式匆匆任职的，有长期受皇帝恩宠牢踞此位的，有叔侄相继担任复兴家族荣耀的，有利用此位大举贪污腐败的，有不懂理财到死一分钱不剩的,有遭遇大祸妻女受辱的,有抗御列强被砍头的,有顺应时代潮流改天换日的……

从某个层面讲,总督们这些丰富的人生经历,可以说是直隶总督这个职位赋予的。直隶总督常被称为疆臣之首,不仅因为这个职位的辖区是京畿要地,还因为这个职位本身的级别是非常高的。自顺治五年(1648年)设立这一职位开始直至宣统三年(1911年),直隶总督这一职位经历了起伏,但其权位本质几乎没有变化。

我们生逢盛世,浸淫繁华。在步履匆匆的快节奏生活里我们应该铭记历史,多多品味中华精粹,追慕那些历史精英,以他们的真实给我们自己寻求一份鼓励,牢记一些警戒,收获一点成熟和厚重。

这本书将带大家品味曾经叱咤风云、治国平天下的清朝总督之首——直隶总督们。用直隶总督们集中"述职"的形式,全面审视从雍正皇帝开始到清朝结束约二百年的后半部清朝跌宕史。正所谓:

金戈铁马,气吞万里,逐鹿中原,乱世出枭雄;

文臣武将,运筹帷幄,大国复兴,盛世话总督。

直隶总督职位沿革

直隶总督,正式官衔为总督直隶等处地方提督军务、粮饷、管理河道兼巡抚事,是清朝九位最高级的封疆大臣之一,总管直隶、河南和山东的军民政务。

直隶总督的前身是设于顺治五年（1648 年）的直隶、河南和山东三省总督，当时预定的总督府设在直隶大名府。

顺治十五年（1658 年），降为直隶巡抚。

顺治十八年（1661 年），复置直隶总督一职，驻地依旧位于大名。

康熙八年（1669 年），裁撤总督一职。

雍正元年（1723 年），重设直隶总督一职。

乾隆十四年（1749 年），直隶总督兼管黄河的防汛和治理工作。

乾隆二十八年（1763 年），直隶总督兼任直隶省巡抚。

咸丰三年（1854 年），长芦盐场的盐政划归直隶总督直辖。

同治九年（1870 年），清廷将天津、营口和烟台三个口岸的通商事宜，划归直隶总督管理，并将北洋通商大臣一衔授予直隶总督。

自此直隶总督多驻在天津，在冬天外贸淡季才回到保定。

从雍正二年至宣统三年，187 年中共经历直隶总督 74 人，99 任，其中实授 38 人，署理 30 人，护理 6 人。

本书所讲述的，正是这 99 任总督们的精彩职业故事。总督们办公的地方就是直隶总督署，位于河北省保定市裕华中路，现仍保存完好。直隶总督署始建于明洪武年间，初为保定府署，雍正八年（1730 年）开始，直隶总督们便驻于此。

直隶总督署沿革

直隶省曾辖顺天（治今北京）、永平（治今卢龙）、保定、正定、河间、顺德（治今邢台）、广平（治今永年）、大名、承德、宣化、天津11府（含18州、104县）、3厅（张家口、独石口、多伦诺尔厅）和直隶遵化、易、冀、赵、深、定6州（含17县）。辖区约为今河北省、北京市、天津市及内蒙古自治区、辽宁省、河南省、山东省的部分县、旗。

1913年省会迁津。

1916年9月，以原直隶总督署为直隶督军署。

1918年3月26日，改为川粤湘赣经略使署。

1920年8月，改为直鲁豫巡阅使署。

1923年10月，曹锟任北洋军阀政府总统后，为直、奉、晋系军阀衙署。

1933年初，改为保定行营。

1935年6月，省会由津返保定，河北省政府仍驻此。

1939年，日伪河北省政府由津迁保，也以此为署。

1945年8月，日本投降后，伪河北省政府解散。同年9月，国民党军第十一战区长官司令部驻此。

1946年6月14日，国民党河北省政府由北平迁保，驻此署（十一战区长官司令部改为保定绥靖公署，移驻今市府前街）。

1947年11月，河北省政府迁往北平后，国民党军保定警备司令部由西大街迁此。

1948 年 11 月，保定解放后，冀中行署迁驻此处。

1949 年 8 月，建立河北省人民政府，此处为河北省人民政府驻地。此后，保定专员公署、中共保定市委先后在此办公。

1988 年被国务院定为全国重点文物保护单位。

1990 年保定市委迁出，这里辟为博物馆。

直隶总督们的九宗"最"

第一宗"最"：最大的大区经理

清朝总共有八大总督职位，直隶、两江、陕甘、闽浙、两湖（即湖广）、两广、四川、云贵。如果按照现在的销售大区说法的话，那么大清朝就是将全国基本划分为八个销售大区。其中直隶总督管辖直隶、山东、河南的军民政务，无论从人口、面积、环京畿的重要性上讲都是其他总督无法比拟的。

第二宗"最"：最亲信的象征

担任直隶总督的，基本上都是皇帝最信任的人，首牧京畿，离皇帝最近的封疆大吏，是北京和全国地方的第一缓冲带。其他地方官员可以到保定直隶总督署问问"圣颜如何"，皇帝还可以就近到直隶"作秀"，到保定莲池花园行宫度假，这个缓冲带能很好地让地方和中央互动，维持了大清朝长久的相对和谐。从年羹尧的势力走狗李维均、雍正潜邸奴才李卫、桐城方观承方受畴叔侄到湘军代表曾国藩、淮军代表李鸿章、新军代表袁世凯等，无一不是皇帝倚重和信任的人物。

第三宗"最"：任职最长、头衔最多的总督

封疆大吏往往都是皇帝平衡权术的棋子，一般情况下皇帝不会让一个人在总督位置上任职太久。但是李鸿章却从47岁第一次任直隶总督起，先后三次出任这一职务，时间长达近25年。1870年，李鸿章接替曾国藩任直隶总督兼北洋大臣，这一身份使得他御辱、自强的设想有了更大的施展空间。

李鸿章去世后，清廷给了他十分荣耀的追念，谥号"文忠"。加上他生前所得的各种荣誉头衔，他个人的头衔至少在20个，称得上是总督中头衔最多的一个。

第四宗"最"：最悲催的总督

放眼大清王朝，总督很少在任上遭遇什么横祸。位高权重，守卫森严，谁能近身呢？（"刺马案"里面的两江总督马新贻遇刺身亡算一个）直隶总督裕禄、廷雍算是在历史变革中遭遇横祸的清朝最高级别官员，裕禄被八国联军战败服毒自杀，廷雍妻女被八国联军奸杀、自己也头断保定凤凰台。他们生命的结束记录着那段纷乱的历史，覆巢之下，安有完卵？皇帝、皇太后都一路逃命西奔躲避灾祸，留下的驻守大臣自然难保平安了。

第五宗"最"：最文盲的总督

第四任直隶总督宜兆熊不识字，在军队里做到了福州将军，雍正元年（1723年）被提拔为闽浙总督。这都赶上了雍正皇帝独有的用人策略，不走寻常路，只要是对其执政方略有益的人都能够被破格提拔，一定程度上打破了那个时代崇尚科举入仕的惯例。雍正四年，宜兆熊调任直隶总督，成为皇帝非常信任和倚重的封疆大吏，为了弥补宜兆熊不识字的个人硬伤，皇帝还特意为其配置了高学历的助理，最文盲的总督宜兆熊便登上了舞台。这也充分体现了那句话：领导说行，不行也行；领导说不行，行也不行。

第六宗"最"：对后世影响最大的总督

曾国藩被称为做人、做官最成功的人，做官平定天下文人封侯，做人著作等身家书传天下，文成武功全身而退，纵观历史没有几个能达到他的境界。因为这种不可企及的人生高度，曾国藩便成为当时以及后世无数人的偶像，这"曾迷"队伍里也包括毛泽东和蒋介石。今日直隶总督署有曾国藩主题的单独展区，展区里有其书法、对联、家谱、照片、后人、家书等全方面的介绍，这真是"蝎子尾巴——独一份"。

曾国藩担任直隶总督的时候，直隶省受各种战乱蹂躏已经一派破败，他着手整顿吏治、清理公案、赈灾济民，下大力气治理永定河，直隶省呈现出了百废待兴的局面。沾满太平军鲜血的"曾剃头"治理起民生来是大有手段，深受直隶百姓爱戴。但历来因为天津教案的处理，激起了民愤，曾国藩便逐步退出了历史舞台，他培养的学生李鸿章开始大权独揽，掌控中枢。

第七宗"最"：最"三农"的总督

乾隆时期的总督方观承，前后担任直隶总督20年，很重视农业生产，推广棉花种植，并且亲手绘制了棉花图。乾隆南巡时，方观承把它献上。皇帝看了十分高兴，并亲自在上面题诗。如今，在莲池花园等地到处能看到方观承题写的匾额，他的棉花图已被总督署博物馆整理成册，保存得非常完整。

第八宗"最"：最清廉的总督

直隶总督的薪水是这样的：基本年薪120两；岗位津贴年薪155两、有尚书衔的另加25两；伙食取暖补助180两；文具耗材补助288两；办公费杂费补助60两；反贪腐补助15000两；如兼署河道、盐政等还会另外增加补助。这么粗略计算，直隶总督年收入在16000两白银左右，折合现在人民币就是年薪为240万至350万之间。

直隶总督的年薪算起来不次于中石化等世界五百强CEO，怎么说都是很可观的。这里面有个不同的地方就是，直隶总督的收入包含着整个衙门的许多开支，如果你没有灰色收入的话，编制之外的开销都得通过这些银子支付，有些"包干"的意思。

这么高的薪资待遇按照常理应该不会出现总督买不起棺材的情况，可是这个情况就出现了，那就是第七任总督唐执玉！唐执玉没有败家媳妇，也没有黄赌毒的恶习，更不是一毛不拔的"铁公鸡"，他把自己的收入都用到了工作上，一分钱没留，以至于死了之后没钱买棺材，还得朝廷拨款将其安葬。

很显然，唐执玉本人是对钱没感觉的"书呆子"。既然他真的这么不爱钱，那就肯定是最清廉的了。

第九宗"最"：最"短命"的总督

直隶总督中不少人是匆匆过客，按照任职时间长短算，末任总督张镇芳数第一，只有10天！张镇芳和袁世凯有亲戚关系，是袁世凯哥哥的小舅子，他在慈禧西逃陕西的时候，不辞辛劳追了过去，向苟延残喘的朝廷和慈禧表达了忠心，获得了慈禧的肯定。袁世凯掌控朝政后，张镇芳得以大展宏图，除去署理直隶总督10天外，继续在袁世凯这个政治势力里吃香喝辣。

直隶总督
述职活动开幕式

述职活动计划书

　　根据清西陵总部《关于召开直隶总督述职活动的通知》文件精神，活动组委会秘书长兼主持人毕东坡，协同相关工作人员，制订此计划书，具体安排如下：

　　（一）活动地点：清西陵度假村一品酒店；

　　（二）活动时间：保密，内部通知，协助活动安保会另行通知；

　　（三）活动安保：宫廷一等侍卫500人；

　　（四）活动费用：保密，内务府出资70%，述职中罚款等补齐剩余30%；

　　（五）活动支持：直隶总督署衙门全体工作人员、度假村一品酒店全体工作人员；

　　（六）活动注意事项：

　　1.各总督必须穿正装，没有特殊情况不得请假；

　　2.各总督参会不得附带任何亲属、异性秘书、朋友等入住酒店；

　　3.各总督在述职期间严禁饮酒、赌博、嫖娼；

4.各总督在述职期间不得与外界联系，须将所携带的信鸽、蝈蝈、鹦鹉等全部交到组委会统一保管，鼻烟壶除外；

5.酒店内设置有医疗室、桑拿室、按摩间、棋牌间，可以根据自身条件，填写申请表报名参加；

6.以上数条，违背三条以上者斩立决，违背两条者斩立决，违背一条者斩立决！（说明：快刀队设置16名，已操练一个月左右，实行三班倒，欢迎各位总督随时拜访。）

附　关于召开直隶总督述职活动的通知

各总督、各有司衙门：

在秋季来临之际，大清西陵总部决定召开"直隶总督述职"大型主题活动。凡是实授、署理、护理过直隶总督岗位的人员必须参加，从雍正二年（1724年）至宣统三年（1911年），实授38人，署理30人，护理6人。

要求：以直隶总督岗位的工作为线索，进行述职，内容自由，时间不限，服装统一为正装，用北京话进行表达。

评委：雍正、乾隆、嘉庆、道光、咸丰、同治、光绪、宣统。（说明：经雍正皇帝批准，宣统不参加此次述职。）

主持人：委托金牌策划人毕东坡做此次活动的策划人及主持人，全权负责活动的各项安排（经协商，毕东坡同意免费出场）。

活动最终解释权归组委会。

组委会电话：巴拉巴巴巴拉 拉巴拉拉拉巴

区号：易县

特此通知

×× 年 × 月 × 日

述职活动开幕式

易县清西陵一品酒店会议中心。

毕东坡：欢迎各位总督，欢迎我们的七大评委。下面，我介绍一下评委，从一到七号，雍乾嘉道咸同光，就是地球人都知道的七位皇帝陛下。

关于这次选定在河北保定易县清西陵开展述职有两点原因，说明如下：

一是清西陵保存完好，如今是世界文化遗产，没有被盗墓者破坏，就是当年日本鬼子进驻清西陵也因为雍正皇帝信佛而未遭破坏，奇迹般地保留了下来。而北京遵化的清东陵，不论是康熙墓、乾隆墓，还是咸丰墓、慈禧墓都被盗得乱七八糟，在那里举办，看着难免让大家伤心。

二是直隶总督一职从雍正朝正式启用一直延续到清朝结束。清西陵正是以雍正皇帝为首的皇家陵园，一片丘陵地，周围群峦叠嶂，树茂林密，风景极佳。东有2300多年前的燕下都故城址，西望雄伟的紫荆关，北枕高耸挺拔的永宁山，还有"风萧萧兮易水寒"的易水河。在此述职，修身养性，惬意非常。

因为述职人数多、时间长，所以我们尽量利索。我们的口号是：不讲长短，讲究有趣！以开心为目的，以交流为准则。

赞助商广告播放时间：

本次述职大会指定用酒为"承德避暑山庄酒业"出品的"满汉一家"。此酒采用川酒的酒基精心勾兑而成。38度、46度、62度应有尽有，好喝不上头！

本次述职大会指定用水为"清西陵荆轲水业"出品的"易水寒"。此水直接取用易水净化九九八十一次，喝了之后，腰也不酸了，腿也不疼了，眼也不花了！

本次述职大会指定用烟为"虎门良心卷烟厂"出品的"林则徐"。此烟包装精美，烟叶从津巴布韦进口，不对外零售，只对高端政商特供，每盒价值4444元！品"林则徐"，天高云淡，一切烦恼全扯淡！

本次述职大会指定用奶为"直隶乳业"出品的"巴图鲁"。"巴图鲁"为当今最高端的乳制品，蛋白质4.0，喝一年就能让你从武大郎变身姚明！世界免检产品，一直受世界各国渴望益寿延年、保持强壮体魄的国家领导人青睐！

本次述职大会指定用茶为"涞水野三坡山茶"，指定用砚为"易水砚"……

请工作人员将签到表汇总一下,看看人员的出勤情况。严格按照规定执行,没到的直接送往"咔嚓司"。

首先,请诸位评委说两句,然后按任职顺序进行述职。

雍正:大家都看到了,我有脑袋吧? 有吧? 哎,就是有! 吕四娘刺杀我是谣传! 我痛恨流言蜚语,我反感胡编乱造! 当然,我更痛恨那些长生不老的药丸。唉,说什么都晚了! 请组委会将各总督的述职文字资料送给我,我晚上要看,要不然睡不着。

乾隆:"古别离,乃有天上牵牛织女星分歧。至今八万六千会,后会滔滔无止期。可怜一会才一日,其余无央数日何以消愁思。古别离,天上犹如此,人间可例推,设使无会晤,安用苦别离? 古别离,长吁嘻! " 刚过完七夕节,有感而作,请诸位多多指导哈。此次活动的茶叶不错,感觉像是云南双江的勐库大叶茶,是吧?

嘉庆:反腐应该是吏治中最重要的,如果根除了腐败,国家的GDP能连年创纪录! 经营目标任务就能很好完成了。

道光:毒品是国家的毒药,禁毒刻不容缓。当然,艰苦朴素全民运动,我搞得比较失败,老婆孩子都没跟着我过上好日子,都瘦了! 如果,还有一次做皇帝的机会的话,我一定让老婆孩子天天吃肉!

咸丰:作为管理者,国家太平才是关键,洪秀全搞得我心神不宁,大半个大清没了! 我坐在这里感觉无颜面对先帝们呐,呜呜呜……

同治:医疗卫生事业得搞上去,当时的天花就要了我的命,真是想起来就气愤不已啊。不过,大家不要去嫖娼,真的不要去。

光绪:变革才能救国,可惜,可惜呀! 空有想法没有实现,是我的无能。放眼全球,我们的管理水平真是太落后了。这些都不说了,大家述职要放松一些。对了,袁世凯来了吗? 袁世凯,这几天,多到我那儿去转转,我要和你好好地聊聊。

  毕东坡：组委秘书处将各大评委的发言都记录下来，里面涉及的疑问，或者需求，组委会会根据情况予以满足。

  好，我们的述职活动马上就要开始了，请全体起立！将自己收拾利索，和我一起做第八套广播体操第九节。好了吗？好，跳跃运动，预备起，一二三四，二二三四……

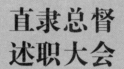

直隶总督
述职大会

李维钧

"火箭干部"的"钱途"

大家好！我叫李维钧，李白的李，维护的维，千钧一发的钧。啊呀，刚才跳跳跃跃运动，我的脑袋有点震荡，我先吃点药。

（紧急医疗人员将"防震一号"胶囊递上去，李维钧迅速吃了点，缓了缓神）

我接着说哈。我是由贡生入仕的，来自浙江嘉兴，于雍正元年（1723年）由直隶守道升任直隶巡抚，二年十月任总督，三年八月革职。我的述职分三部分：第一部分，火箭干部；第二部分，摊丁入亩；第三部分，我的漫漫"钱"途。

▍火箭干部▍

听说后人评论我为"火箭干部"，这个不假，我在职场上确实做到了火箭般的升迁！这都源于"关系"，关系就是实力！在我之前担任直隶巡抚的赵之恒，他是我的顶头上司，人家的出身那可是牛啊！爷爷是顺治、康熙两朝名臣勇略将军赵良栋，爸爸是两广总督、兵部尚书赵弘灿，

010

我大清，一言难尽呐

叔叔是赏直隶总督衔的赵弘燮! 俗话说:"学好数理化,不如一个好爸爸。"而我呢? 我为了破局,为了改变自己出身低微无依无靠的命运,我投靠了火暴异常的年羹尧。我有一位福星小妾,她是年羹尧管家魏之耀的干女儿。有了这层关系,我迅速进入了年羹尧的圈子。而后,年羹尧参奏诬陷赵之恒"庸劣纨绔",使赵之恒很快被免职,我就从直隶守道升为直隶巡抚,顶替了赵之恒,在最短的时间内一步登天!

▌摊丁入亩▐

　　前明从张居正时期开始执行"一条鞭法",大清初期继续施行这种税法:各项田赋和徭役一律合并征收银两,赋役合并为一。部分丁银按人丁征收。入关后,朝廷皇室、贵戚和大小官员到处跑马圈地,导致许多汉人失去了土地,土地兼并愈发严重,土地逐渐变成商品在权贵之间进行交易,"千年田八百主"就是对此深刻的总结。整个社会无业无田者增多,社会问题突出。到了雍正皇帝登基时已经相当严重,威胁到了天朝的统治。从康熙五十年(1711 年)到雍正四年(1726 年)之间,大多数省份,百年积欠钱粮都达几十万甚至几百万。丁役负担沉重地压在无地少地的农民身上,造成阶级矛盾的尖锐化,当时结成党类围攻城府的事件时有发生,"摊丁入亩"的税法改革便由此而来。将丁银摊入田赋征收,废除了以前的"人头税",所以无地的农民和其他劳动者摆脱了千百年来的丁役负担;地主的赋税负担加重,也在一定程度上限制和缓和了土地兼并;而少地农民的负担则相对减轻。同时,政府也放松了对户籍的控制,农民和手工业者可以自由迁徙,出卖劳动力。这有利于调动广大农民和其他劳动者的生产积极性,促进社会生产的进步。

雍正皇帝初登大宝，新朝新气象。作为直隶总督，我自认要带个头在地方上给皇帝一个响应。之前的赋役制度混乱，贫苦少地农民经济负担重，手工业等其他劳动者更是被税收束缚。由此，我在直隶率先提出"摊丁入亩"，并获得了皇帝和怡亲王的大力支持！有心如磐石的雍正皇帝为主心骨，我提出的"摊丁入亩"政策，到雍正十一年（1733 年）完成了全国实行，这是我最最兴奋的事情。

我的漫漫"钱"途

追钱。

我接任前巡抚赵之恒全面负责直隶区域，面对的第一件大事儿，就是府库的亏空。当时亏空约 40 万两，相当于 $40 \times 660.8 = 26432$ 万元人民币。亏空在哪儿呢？在各州县的挪用上，各州县都默认一种方法，那就是"以新补旧"，年年奏销，长期下来就成了这个数据。

赵之恒自认 30 万两，由其家族补齐。还剩 10 万两，这就是我要"追"的。我到任后，接到不少信访，经过这些信访的线索进一步查实，保定知府马兆宸、通州知府李麟叶为官暴戾，士民怨恨，奏请皇帝批准将其革职查办，每人追加罚款各 5 万两白银，40 万两的亏空就这样平账了。

藏钱。

咱们为官和打工一样，总得有个圈子，有个照应，是吧？借着"摊丁入亩"的国家项目，我请旨后获得和怡亲王接近的机会，大家也知道，怡亲王从皇子的时候开始就不结交任何外臣，不存在党羽一说。作为总督之首，能和怡亲王接近，将来在天子脚下也好开展工作，同时，也好将"摊丁入亩"的项目开展下去。靠近怡亲王，我到现在都不后悔。

因为我老婆早逝，生活孤单，一直想找一个新的老婆一起生活。经人介绍，我做了魏之耀的女婿。魏之耀是年羹尧的亲信，这样我就搭上了年羹尧这艘"潜水艇"。其实，如果年羹尧不出事儿，我觉得生活相当的美好。真的，上有怡亲王，中有年羹尧，下有这直隶总督的身份，做人臣也就很知足了！可是年羹尧出事了，好多的问题，也不得不交代。

我承认，当初揭露年羹尧在直隶区域大行威风，包括我在内百官跪迎，还配合着他引荐提拔亲信，培植"年党"，这些都是我自愿配合着做的。我老婆也很支持我这么做，当时也没多想什么。年羹尧和我岳父魏之耀两人常对我说："这年月，存点钱是最现实的事情。"我觉得他们说得没错。后来，年羹尧逐渐转移财产，我自然也帮着藏匿了不少，特别是在保定的资产，我全部保护了起来。对于资金的数额、具体的数字，我老婆知道，我没有过问，只是出面打招呼而已。

贪钱。

大家知道，咱们官员的工资宋朝最高。大清工资有限，加上通货膨胀，常常钱不够花，无法应对应酬、送礼、交际的需要，更不能满足老婆那边的开销。于是我四处想辙，年家的财产终究不是我的，况且都由我老婆掌管，用起来不方便，我总得有我自己的金库啊。

思来想去，我能掌控的就是"俸工银"，这些官员和官役的工资在总督的手里，我可以支配。于是我从雍正元年（1723 年）春节后开始，慢慢地扣留，划归自己的账户，总计 14.8 万两，相当于人民币 9779.84万元。

我火箭般擢升，位极人臣，督抚之首。但是成亦年羹尧败亦年羹尧，我悔呀，坑爹的年羹尧呀，呜呜呜呜……我辜负了皇帝对我的信任，辜负了这第一任直隶总督，给大家开了个坏头。自感失败，无脸见人。

听说后人评论我
为"火箭干部",
这个不假，我
在职场上确实做
到了火箭般的升
迁!

就这些,请评委和同事们多多指正。谢谢!

毕东坡: 李维钧的述职大家都听到了,简单明了,我们要的就是这样的效果。大家可以自由提问,限时五分之一炷香。开始吧。

刘墉: 请问李维钧,娶老婆是为了什么?她拖你下水,你就下水?你那些明辨是非的能力到哪里去了?

李维钧: 唉,我就是做不了主,老婆说什么就是什么,自己也很清楚这是不对的,可就是改不了。刘大人,你懂的。

(说完,李维钧又开始脑震荡了,医疗队又紧急补药。)

乾隆: "摊丁入亩"的建议是李维钧提出来的,这个功绩不能忽略,有了这个建议,才给大清注入了强心剂。知错能改就行,我想父皇对于我说的也会支持吧?

雍正无语,轻微点头。

个人小传

　　李维钧(? —1727年),浙江嘉兴人,贡生。雍正元年(1723年)由直隶守道擢直隶巡抚,雍正二年十月由直隶巡抚迁,三年八月革职,任职十个月。李与年羹尧交情颇深。年事发,李因隐匿年在保定家资而被革职。雍正四年,又查出李侵蚀直隶俸工银14.8万两,五年定斩监候,旋即病死。

蔡珽
嫉妒也能害死猫

大家好！我叫蔡珽，汉军正白旗人，进士。雍正三年（1725 年）八月，由兵部尚书暂时署理直隶总督，九月调补吏部尚书。署理一个月。

我的述职主题为"嫉妒也能害死猫"，我用和我相关的人名来分几个部分述职吧。

▌年羹尧▐

康熙六十一年（1722 年），年羹尧任川陕总督，我任四川巡抚。这个年羹尧不是个好搭档，和他共事很辛苦。当初，年羹尧非要在川陕开采铅矿，这是劳民伤财的事情，而且他也未必都是出于公心。我作为巡抚不同意他的做法，训斥了重庆知府，没想到这个知府就这样死了。为此年羹尧抓着我的不是总往皇帝那里告状，好在他很快就被皇帝调离了，而我也能提供不少年羹尧的罪状，参与到调查年羹尧的大案里面。

▌程如丝▐

程如丝是夔州知府，在我任巡抚期间，我们私交不错。我承认接受过他的贿赂，并许诺考核的时候保举他第一。没办法，拿了别人的东西，不给人家办事儿，道义上过不去啊。

▌岳钟琪▐

岳钟琪是我很嫉妒的一个人。我本来想年羹尧走了，我应该就可以由四川巡抚接任川陕总督了。我不太愿意回京任职，封疆大吏才是最舒服的。结果皇帝陛下让岳钟琪去接任川陕，我心里不舒服。于是，当岳钟琪来直隶的时候，我就给他制造了一些谣言。我想扳倒他，结果事与愿违，还挨了皇帝的一顿批评。

▌田文镜▐

黄振国是我保护的一个人，虽然他犯了点法，但是我还是保举他做了信阳知府。可是倒霉的是，田文镜是河南巡抚，他一下子就将黄振国的老底儿戳到皇帝那里去了。李绂出来替黄振国说了几句，皇帝便认为我、黄振国、李绂是朋党。大家知道，皇帝最恨朋党，我这算是走到头了。

▌查嗣庭▐

查嗣庭是我很欣赏的人。我们多次以书信来往，我在京时也多次去礼部找他聊天谈心。问题是,查嗣庭是隆科多的人,而且因为写了敏感的文章而获罪,我作为他的好朋友,也脱不了干系。可惜海宁查家"一门四进士"的荣耀如昙花一现,被文字狱和年羹尧与我的案子所牵扯,在政治风暴中家破人亡。我一直收藏着查嗣庭女儿查蕙缵在流放途中的题壁诗:"薄命飞花水上浮,翠蛾双锁对沙鸥。塞垣草没三秋路,野戍风凄六月秋。渤海频潮思母泪,连山不断背乡愁。伤心漫谱琵琶怨,罗浮香消土满头。"才女呀,女儿才情尚且如此,查家的家风可见一斑呐。

▌乾隆皇帝▐

感谢乾隆皇帝给了我自由,让我多活了几年。我没什么可报答的,当着大家的面给您鞠三个躬吧!

(马上离开讲台,冲着乾隆鞠躬,吓得乾隆把茶杯都弄地上了。)

我署理直隶一个月左右,从天津调运漕米到保定、平棸,以解水患,稳定饥民。这些事情现在想起来就是我最开心的事情了。谢谢!

(雍正早已按捺不住,手握拳头,等着发言。)

雍正:这样的污吏,还要释放,让他多活几年?那该怎样给大家做榜样啊?不会和上级相处,到处挑拨是非,诬陷臣僚,也配这身官服?

乾隆:父皇息怒,息怒。侍卫在哪里?将蔡珽送到"咔嚓司"补砍几刀,软禁宾馆,活动结束后再议。不过,查家的女儿真是可惜了,朕真想和她对对诗词,在江南……

没等乾隆说完,雍正横眉立目的眼光扫了过来,乾隆闭上了嘴巴。

(侍卫们磨刀霍霍向蔡珽,蔡珽早就昏过去了。下面一阵骚乱,不少人在擦汗、深呼吸。)

光绪：大家不必紧张，大丈夫敢作敢为，谭嗣同等连补砍的机会都没有，你们应该感到荣幸才对啊。

（雍正等索要谭嗣同的资料，组委会秘书赶紧打开电脑上传。）

毕东坡：继续吧，大家放心，我们的"咔嚓司"是文明之师，用的刀都是木头的，也有儿童玩具塑料制品，是心理上补砍，不会见血的。

个人小传

蔡珽(？—1743年)，字若璞，号禹功，别号无动居士，又号松山季子，汉军正白旗人，云贵总督蔡毓荣之子，辽宁锦州人。康熙三十六年(1697年)进士，历官翰林院掌院学士兼礼部侍郎，吏部、兵部尚书兼左都御史和正白旗汉军都统，署直隶总督。雍正初年（1723年）曾赈直隶灾荒以印券给贫民，以工代赈，屡被参劾免官。雍正五年（1727年）判斩监候，乾隆八年卒，有《守素堂诗集》等。

李绂

一谢、一问、一生

我，李绂，江西临川人，大家可以称呼我"李巨来"。我于雍正三年（1725 年）八月从广西巡抚调任直隶总督，任职一年零三个月。

诸位皇帝和同僚都在，我李绂想多说几句，既然是开放和自由的述职，我就不拘泥什么了。

我分三个部分来说。

┃ 一谢 ┃

虽然我和雍正皇帝有些不愉快，但是我感谢他的明察秋毫和公正客观，他是明君。当初，我督促漕运的时候，为了防止漕粮被劫和损耗，便私自做主将漕粮高价卖掉，银两交守道桑成鼎贮库，同时也上报了直隶总督李维钧。因为我与年羹尧不和，李维钧将此事隐匿未报，等我赴广西时，我又将此笔费用调入广西，年羹尧便抓住这个事情诬陷我贪污。雍正皇帝明察秋毫，给了我满意的答复，没有完全听信权臣的谗言，我很感动。

我刚到直隶总督任上,便遭遇大水灾,我下令开仓济民,事后才请示皇帝,雍正皇帝没有责罚,还给予了我肯定,同时大力支持我开展"改土归流"和"编户入保"的国家项目。皇帝的决心之大,让我很是吃惊。

| 一问 |

我一直想问问雍正皇帝,为什么那么压制我们儒生?你可以支持田文镜的工作,但是因为支持田文镜而压制儒生,这对您来讲是不是有点得不偿失啊?如果不压制儒生,同时也支持田文镜等,您的时代会更好啊。

雍正:李绂的问题,我也想过,我和弘历为此也争吵过。可能是立场不同吧,我的新政需要强硬的手段才能继续,需要田文镜这样的人。而一身兼顾,或者两者采用,我不赞同,那样是做不成事情的。实际上,我没有压制儒生,而是压制了你,让你静养了许久。我一直很欣赏你,不过机会也给你了,位极人臣,我觉得你也该满意了。

(李绂准备接着说,袁世凯举手示意要求发言。)

袁世凯:我是军人出身,赞成雍正皇帝的说法。国家的治理就是法和儒的结合,改变一件事情很难,压力全在皇帝身上。李绂你应该细细地思考一下,而不是鼓动书生乱嚷嚷。

李绂接着说:也许是我太学问了吧,这个话题就这样吧。

诸位皇帝和同僚都在，我奉劝想多说几句，既然是开放和自由的述职，我就不拘泥什么了。

一讲 一阅 一生

▌一生▐

我一生主要做的事情就是主考选士、当老师。全祖望就是我的学生，著书立说胜过一切啊。我一介书生，能得康熙、雍正、乾隆三世赏识，已经感到超赞了。

谢谢！

乾隆：巨来大儒啊，你和全祖望的佚书 30 卷，正是《四库全书》的源头。你们成为大清王学①的中坚，堪称一代鸿儒，令人敬仰！我给你满分！

毕东坡：这是第一个满分哈，被我们的第三任总督拿走了。后面的总督们要努力啊。

个人小传

李绂（1675 年—1750 年），字巨来，号穆堂，江西临川县城荣山镇人，清代著名政治家、理学家和诗文家。康熙三十八年（1699 年）进士，由编修累官内阁学士，历任广西巡抚、直隶总督，因参劾下狱。乾隆初起授户部侍郎。治理学宗陆王，被梁启超誉为"陆王派之最后一人"。著有《穆堂类稿》《陆子学谱》《朱子晚年全论》《阳明学录》《八旗志书》。

---

①王学，指魏晋时期以王肃为首的经学派，其说与郑学对立，企图取代郑学在经学上的地位。——编者注

宜兆熊

搞砸了的文盲总督

评委们、同僚们，大家好！我是汉军正白旗人，宜兆熊，雍正四年 (1726年) 十二月任，六年五月召回京，任期1年零5个月。

我的述职，实在是不知道说什么，述职报告也是助理写的，可是我不认识字，请允许我的助理刘师恕上台协助我述职吧，我做补充。

刘师恕：大家好！我是刘师恕，国子监祭酒、左副都御史、工部侍郎。我是两任直隶总督的助理，一个是宜兆熊总督，一个是后来的何世璂总督。我受雍正皇帝御命辅助宜兆熊总督署理事务，我们一文一武配合得很好！一个助理再优秀如果主子不听话那也无法施展，好在宜兆熊总督对我言听计从。可惜的是我们运气不好，做什么都砸，真是无语。

我和兆熊总督关心学政，决定对学政进行一番裁员以减少公费。学政上孙嘉淦说费用可减半，我们意见不统一，便一起上奏。结果，皇帝陛下认为我们态度不端正，让我们向孙嘉淦看齐。其实，我们就是想抓一个项目，让我们的任期有些成绩。可惜，我们想得不周全，没有从实际出发，只顾着哗众取宠，弄砸了。

后来，保定缺雨，皇帝陛下很着急。我们认为本年闰月，晚些下雨也不迟，没有从百姓的立场上去考虑问题，就回复上去了。结果，皇帝陛下恼怒了，认为我们心无黎民百姓，又砸了。

然后我们又盯上了驿站夫马工料等费用开支，建议裁减。皇上又说我们没有考虑周全，没有酌情办理，这事又砸了。

大名诸生窦相可投诉知府曾逢圣贪劣，布政使张适杖责窦相可，结果把人打了个半死。不久窦相可死于狱中，我们不敢上报。皇上派福敏等查清了这件事情，得，我们又砸了。

就这些。谢谢！

李卫：你们这两混蛋，改名叫"宜砸了"得了。皇帝对你们那么器重，你们却投机取巧，昏庸不堪，真是恬不知耻！

毕东坡：李卫，请注意我们的纪律，不要进行人身攻击，注意用词文明。秘书处，给李卫扣一分。

咸丰：宜兆熊，你真"熊"！哈哈哈。

雍正觉得自己用人不当，很是没有脸面，猛喝了几口茶，结果咳嗽了起来。很生气，大吼：怎么茶是凉的？

宣兆熊总督对我言听计从，可惜的是我们运气不好，做什么都磕磕碰碰，真是无语。

我不认识字，这职很告是助理刘师爷写的……

（秘书处一脸的无辜，茶水是刚换的，只热不凉。）

毕东坡：经过组委会核实，茶水是热的，而且温度很好。雍正评委不控制自己的情绪，罚款十两银子，请会后交到秘书处。要现银，不要批条，更不要欠条。述职继续。

个人小传

宜兆熊（？—1731年），汉军正白旗人。雍正四年（1726年）十二月任，六年五月召回京，任期一年零五个月。刘师恕（？—1756年），字艾堂，江南宝应人。雍正四年，上以宜兆熊署直隶总督，调刘师恕礼部，协理总督事。

何世璂

神童总督的"四不欺"宝典

我全名是何世璂，大家叫我"何大老"吧。我44岁才中进士，雍正六年（1728年）五月由吏部右侍郎署理直隶，七年二月的时候，身体不行了，离职。共署理9个月。

我5岁能诵千言，被乡里人称为神童，赞为"国器"。很遗憾我没能少年得志，中年才开始走运，深得康熙、雍正皇帝赏识，得享尊荣，让我感动得老泪纵横呐。我的述职就一个主题"四不欺"，比"十三不亲"少了一打。

┃四不欺┃

一不欺天地，二不欺鬼神，三不欺君亲，四不欺同僚朋友。我们立身天地之间，要注意环境，没有好的环境，哪来的享受生活啊。你看看现在的滑坡、地震、台风，阻挡不了啊，所以不能欺天地。鬼神你可以不信，但不要不尊重，更不要装神弄鬼吓唬人，做好你的人就行了，不要参与鬼神的事情。身为人臣，真心做臣子，做好本职的工作，和同僚们相处好，这就是完美的人生了。

　　靠着这"四不欺",我主考江西乡试,公正阅卷,获得了康熙皇帝的肯定。后来,我在贵州实行"改土归流"政策。土司制在少数民族居住的地方长期存在,世有其地、世管其民、世统其兵、世袭其职、世治其所、世入其流、世受其封。这种延续百年的体制让这些土司形成了一种无法管制的情形,甚至逐渐过渡到了自我割据的状态,朝廷派出去的土官对这些土司也是无可奈何,强龙难压地头蛇。雍正四年(1726 年),云贵总督鄂尔泰提出废除土司制,实行流官制的政治改革,对于土司根据他们的态度处理,自动交印的给予赏赐或给予官职;不配合、抵抗的土司严加惩处,没收财产,强令外迁到内地省份,给予土地房屋安置。我按照朝廷的旨意和"改土归流"方针,在贵州清查户口,丈量土地,征收赋税,建城池,设学校;同时废除原来土司的赋役制度,与内地省份一样,按地亩征税,数额一般少于内地,土民所受的剥削稍有减轻。三年任职,我积累了良好的口碑,然后才进入京城中央部委任职。感激雍正皇帝信任我这匹老马,我自然会"有一分心力尽一分,有十分心力尽十分"。

　　我的官运亨通得益于自己的座右铭"四不欺",更得益于康雍明君的赏识提拔,一份坚守一份执著,终得善果。

　　谢谢!

　　雍正:何老师多多注意身体,年岁大了,酒店里有医疗室,我现在就批准何老师随时可以去医疗室养身体,不必全天候参加述职。

　　(看得出来何世璂哭了,满脸的眼泪,说不出话来。)

个人小传

何世璂（1666 年 —1729 年），号铁山，俗称何大老，山东新城人。19 岁时考中第四名举人，授莒州学正。康熙四十八年（1709 年），44 岁时成进士，授翰林院庶吉士，后历任检讨，山西道监察御史，浙江学政，两淮盐运使，贵州巡抚，户、吏部侍郎，直隶总督等官。雍正六年（1728 年）五月由吏部右侍郎署理，七年二月卒，署理 9 个月。

杨鲲
不要去凑那两次

大家好！我叫杨鲲，我只是在何老师离开之后，暂时署理一下直隶。我主要的工作是古北口的提督，这个古北口大家知道吧？就是居庸关和山海关之间的长城要塞。

述职我就简短地说一下，因为我不像其他同僚那样是专职做总督的。

大家知道，雍正皇帝时期有完善的"密折制度"，我就是有资格上奏密折的人。1724年，也就是雍正二年二月，我在云南曲寻武沾总兵任上的时候，理解错了雍正皇帝"每年两次密折"的旨意。我在奏折中和皇帝说：在京陛见时奉旨，恩准每年用密折奏报两次，现谨派人送折子一次。雍正皇帝批复纠正道：并没有限定你每年一定两次，有要奏报的事，怎可拘于两次而不报；平安无事，非要凑够两次做什么？

通过这事，我深刻明白了真心做事儿和应付做事儿的区别，遵照旨意要发挥个人的主观能动性，不必拘泥于教条，一切实事求是。

谢谢！

毕东坡：杨总督说得好啊，不必拘泥于教条，一切实事求是。你说的这些，在现代社会中也有极大的意义。许多在职场上叱咤风云的人，往往都是不按常规出牌的，他们不走寻常路，求得奇异果。

雍正：关于"密折制度"我想说几句。唐朝武则天有"告密制度"，明朝有东厂、锦衣卫等特务组织，都是为了监督官员行为，扩大皇帝关于下属的信息量，是件好事儿。先皇康熙在晚年就开始建立密折制度了，我只是完善了一下，随后又设立了军机处对密折进行处理。官员不监督能行吗？当面万岁万岁万万岁，转身就骂你喝花酒、养小蜜、贪污民脂民膏、占着茅坑不拉屎。

个人小传

杨鲲（生卒年不详），山西宁武人，荫生①。雍正七年正月由直隶古北口提督署理，六月解职，署理近六个月。

---

①荫生，即凭借上代余荫取得监生资格的人。——编者注

唐执玉

没钱埋自己的清廉总督

各位同僚，大家好！我叫唐执玉，雍正七年（1729 年）由左都御史署理直隶总督。我想说说自己体会到的几个方面。

"缺主"

户部钱粮款项最容易作弊，这个"缺主"就是一人占一司，数人共一省，世代霸占，很专业地做假账本，流水作业。大家也可以理解"缺主"的"缺"为缺德的"缺"。这种承包有司，就相当于现代的商业医院，门诊外包，流水线作弊。比如，山西司"缺主"沈天生包揽捐马事例等。这些事情其实都已经解决了，今天提出来，就是提醒大家不要重蹈覆辙。噢，对了，现在我们在座的都不用那么累了，那我就当做是说给组委会那些现代人听吧。

▌商税和过路费▐

商税的存在,对于商业的影响很大。地方的收费多了,商人的成本就高了,都不愿意跑腿了,哪来的繁荣?税收应该视粮食丰歉折中定额。有些地方,收了落地税,又抽进路钞银,这样重复多次的费用积累,让许多商贾止步。这和现代的过路费一样,为了躲避过路费,车辆都走旧路。旧路不光浪费时间,无人维护,而且会经常出交通事故,安全隐患多。不过,这些也都是现代人的烦恼,我们不必惦念了。

▌驿马开支▐

当时,直隶这边一匹驿马一年的开支大概是 10 两银子。经我们核算,实际上根本用不着这么多,长此以往将会造成无法估算的大浪费。费用完全可以降低到 3.6 两,大概就是每匹马从 6600 元降低至 2380 元。

▌宽民等于宽国▐

霸州、文安等七州县民曾借仓谷,长年累月,耗欠归公的政策执行开来,有的州县追缴欠谷过激。追偿效果不好,势必会影响民生。我上奏雍正皇帝说明此情况,得到了支持。宽民等于宽国,等于吃"宽粉",事宽、路宽、心宽。

我大清,一言难尽呐

没钱埋自己

按大清官俸例规，直隶总督的俸禄为：年养廉银 15000 两，兼管盐政增银 2000 两，兼管河道增银 1000 两，另有笔墨杂费若干。直隶省仅设总督一人，没有辅佐的官员。一应辅佐幕僚之官饷及日常办公费用，都由总督俸银支付。实际上，当时总督的俸银相当于我们今天一级政府官员的薪俸加日常公务费用的财政预算。我在任两年多，自认为"吾才拙，政事不如人，可自力者勤耳，勤必由俭始"，于是我亲书"将勤补拙，以俭养廉"的座右铭。朝廷给我的养廉银，我每年仅用十分之三四，其余均交付布政司银库，并嘱绝不留与子孙。当我 65 岁病终于任上后，协办总督顾琼奉旨率僚属入祭并整理我的遗物，竟发现"箧无一物"，以至于无法成殓发丧，只好临时急奏雍正皇帝令有司另拨银两，加上同僚捐赠资助，才将我遗体装殓后运回原籍安葬。说起这些我有些极端了，只顾自己清廉的名声而给家人和朝廷添乱；不会理财，导致个人财务上寒酸。大家不要学我。

大概就这些内容。大家受累了。

雍正：唐总督真是为民的好官。如果都能这样去做、去想，我当皇帝就很轻松了。皇帝本身干的事情就是给黎民百姓选几个合适的总督而已。

宽民宽子宽国，筷子吃宽粉。

道光：唐总督，我给你满分！秘书处记一下。

毕东坡：好，我们的第二个满分出来了，是唐执玉总督。

个人小传

　　唐执玉（1669年—1733年），字益功，号蓟门。江苏武进人，进士。雍正七年（1729年）六月以左都御史署理，九年九月病免。署理两年零三个月。

刘于义
我栽在了"浮桥"上

江苏武进刘于义向大家问好！我两次署理直隶总督，一次是雍正九年（1731年），一次是乾隆十年（1745年）。我说三个方面的事情：一是直隶盗犯，二是治河，三是兰州浮桥。

▎直隶盗犯▎

雍正九年，直隶大名发生了抢劫盗窃案件十余起，每起案件都是十余人的团伙作案。依据大清律，盗犯不论首从全部应斩，但经现场查看，凶器都为农具，赃物仅仅是谷米而已。这本身就是饥民抢粮，不是盗犯，应该妥善安置，予以抚恤。如果不经查实全部斩杀，就冤杀百姓了。此事，已经得到雍正皇帝支持。也因此，各省盗犯案开始分从首定罪。

▎治河▎

乾隆十年我再次署理直隶，主要的工作就是治河。将乡河蜿蜒的小道改直,修筑堤岸,拓广利渠,疏通了天津贾家口、静海芦北口等诸多河流。我全力以赴治理河流,为京畿之地的农耕提供保障。

▎兰州浮桥▎

浮桥作为军事设施一直存在着,是用船或浮箱代替桥墩架设的桥,架设简单,拆除简单,可以人行、公路、铁路,也可以用于应急性救灾,在我们官方也称为"栈桥"。我想关于浮桥这个事物各位是比较清楚的,大人们不是在浮桥上跟着军民迁徙,就是护着灾民过江。我在陕甘期间,兰州浮桥要修复。这个浮桥在前明时期就有了,用 24 艘船,铁缆 120 多丈架设。后来,乾隆皇帝主政的时候,此浮桥的船只被撤走了 4 艘,铁缆仅剩下 70 多丈,整座浮桥随时都有被冲垮的危险。我请旨用公款修复兰州浮桥,可就在浮桥修复的过程中,军需道台沈青崖等侵吞公款被揭发,我也被免职。后来,因为甘肃当地亏空严重,而且文件档案等丢失严重,我奉命将功赎罪去甘肃调查这件事情。我自认为自己亲力亲为,事无巨细,可是还是出现了属下私吞公款、治下文件丢失等情况,这是政务上的废弛,管理上的松懈。这些问题都是不应该出现的,我自愿领罚。

谢谢!

雍正:治河从来都是不间断的国事,能真正为国为民治理河道,就足以称职了。陕甘总督任务重,责任大。不过,忙碌不是丢文件的借口,丢文件本身就是不对的事情,不要原谅自己的这种行为!

嘉庆:根据规定,罚款 100 两银子,吸取教训。

个人小传

刘于义（1675年—1748年），字喻旃，号蔚冈，江苏武进人。康熙五十一年（1712年）进士，改庶吉士，授编修。在翰林文誉甚著，凡有撰拟，辄称旨。雍正元年，命直南书房，迁中允。再迁侍讲，督山西学政。雍正九年（1731年）九月以刑部尚书署理直隶。十年，署陕西总督。十一年，授吏部尚书，仍署总督。乾隆十年（1745年），署直隶总督，加太子太保。是冬，报初次工竟。复议还十二年夏，报二、三次工竟。召还。

李卫
借来芭蕉扇，扑灭火焰山

大家好！我是李卫，江苏人。三次担任直隶总督，共计六年。

我说五个内容，第一，跟对老板最重要；第二，扑灭查嗣庭这座火焰山；第三，整肃吏治；第四，湖山春社；第五，莲池书院。

▌跟对老板最重要▌

我出生于一个富裕的家庭，花钱捐官，得雍正皇帝知遇之恩，和田文镜、年羹尧、鄂尔泰、张廷玉、隆科多等一起辅佐雍正皇帝实行新政、刷新吏治。作为臣子能遇到好的皇帝老板，那是万幸。有了这个基础那就放手去干，不必犹豫。为了朝廷的利益，为了皇帝的意志，我会扔掉面子去干。

▌扑灭查嗣庭这座火焰山▌

查嗣庭的案子惹怒了雍正皇帝，因此，他下旨停了浙江人的科举之路，掀翻了"炼丹炉"，让浙江学子陷入了"火焰山"，民怨沸腾。作为地方官员和皇帝的亲信,我责无旁贷要婉转地解决此事。如何借来芭蕉扇? 如何让主子有面子? 如何让浙江学子感恩戴德? 这些就是我应该去做的事情。搜集有利的信息和证据,不断地伺机向北京汇报浙江人的"悔过之意",皇帝就有了台阶下,浙江学子才恢复了科举资格,我做了一回孙悟空啊。

▌整肃吏治 ▌

有点权力就腐败,这类人我一生最为痛恨! 我在户部的时候,某亲王加收银两,中饱私囊,我就将他贪污的钱装在箱子里,贴上"某亲王赢钱",让他丢丢人! 对于鄂尔泰的弟弟鄂尔奇、江南督臣范时绎、按察使马世等一帮人的罪行揭露,我觉得很对得起自己的良心。反腐就是一个只有开始没有结束的事情,就要天天查!

▌湖山春社 ▌

雍正九年(1731 年),我创湖山神庙于杭州西湖曲院风荷旁,奉祀湖山神及十二月花神和四个催花仙子,旋于庙侧,辟地建花神庙、竹素园,并请文人俞曲园为春社撰联:"翠翠红红处处莺莺燕燕,风风雨雨年年暮暮朝朝。"湖山春社风貌异乎寻常、人文背景源远流长,现在都免费开放了,欢迎大家前去参观旅游。

莲池书院

我在原保定莲池花园的基础上创办了"莲池书院",时间为雍正十一年(1733 年)。书院创办得到了雍正、乾隆皇帝的特殊关注,乾隆皇帝更是三次到书院视察。莲池书院名满天下,以大儒硕学为师,成为和湖南岳麓书院南北交相呼应的全国高等学府。学冠天下的宗师有汪师韩、章学诚、黄彭年、何秋涛、王振刚、张裕钊、吴汝纶等,高徒学子有刘春霖、王发桂、胡景桂、王树彤、孟庆荣、傅增湘、冯国璋等。1903 年停办,前后存在 170 多年,至今保存完好,成为保定旅游胜地。我李卫一个识字不多的人创办学院全当是了却自己的一份心愿罢了,这都是奉旨办事儿,没有什么功劳可言,只是想着把"保定莲池书院"介绍给大家。

雍正:用人就要不拘一格,有能力就大力提拔。作为管理者,你的计划需要有人去推动,你不会缺少寄生虫,缺少的是千里马,别把虫和马混淆了。李卫,我给你满分!

毕东坡:都说"朝中有人好做官",其实更准确的说法应该是"朝中有人好做'清官'"! 良臣的背后必定是英明神武的君主,什么人带什么兵呐。

个人小传

李卫(1686 年—1738 年),江苏丰县(徐州)人,康熙朝捐资员外郎,雍正朝署刑部尚书,授直隶总督。李卫同鄂尔泰、田文镜均系雍正帝心腹。

我说五个内容，第一，跟对老板最重要，第二，扑天查嗣辰这个火焰山；第三，整肃吏治；第四，湖山春社；第五，莲池书院。

顾琮

爷爷顾八代 "照顾八代"

大家好！我是镶黄旗的顾琮，顾八代的孙子。

今个儿述职，我和大家唠唠嗑，说说我的事情。我从俺爷爷说起，你们别不耐烦，别怕，不长，不长。

▌爷爷顾八代▐

俺爷爷穷呐，死了都没钱办丧事啊！幸得雍正爷念及师生情谊，出资给爷爷办了丧事，并赐金百万。俺爷爷在康熙爷那会儿被定为满人第一，跟着打过不少大仗小仗，最后成为礼部尚书。从小，爷爷就教育我要建功立业，积极上进，做满人的第一！

▌俺娘的梦▐

说这个真有点儿不好意思，但这是真的，说说也没啥。当时，俺爷爷受索额图捉弄犯事儿，我正好在补缺的关口，我啊，就担心会不会因为爷爷，让我的补缺的事儿黄了。半睡不睡的时候，我做了个梦，梦见了俺娘的下半身……我很紧张，想着肯定完了，这么不孝的梦都有了！结果，算命的说，这是好的征兆，娘的下身正好就是儿子的"出路"，这是转机的梦！哎，还真灵，不久，我爷爷就没事儿了，我也成了吏部员外郎。

▌协理治河 ▌

我担任河道总督的时候往来于天津和保定之间。大家知道保定的水利建设直接影响到京城的安宁，朝廷一直派人修筑华北堤防。雍正三年（1725年），保定区域河水泛滥，大堤决口，怡亲王允祥和大学士朱轼奉命前来治水。为了加强华北地区的治水管理，将大名道改为清河道，保定周边二十多处州县的河务统统归他们调遣。当时的保定到天津不是现在的京津唐高速路，而是水路，保定上船可直达天津，水运很发达。夏天在天津办公，冬天回保定办公，官员们都是这样的。

清河道署虽然官阶不高，但是很受皇帝重视，而且在老百姓心中口碑很好，只要好好干就很容易升官。不少直隶总督都是由此提拔起来的。我也是其中之一。在李卫大人担任总督期间，我协助他共同治水，将白洋淀上游的淤泥清除，使河流通畅，省了许多民力。这些成绩为我日后担任漕运总督奠定了良好的基础。

就这些吧，谢谢！

雍正：能像顾八代这样不计较钱财的人太少了，古今我看选不出几个来。堂堂正部级干部，居然没钱出丧，你们能遇到这样的人吗？所以，我将顾八代放入贤良祠，也赐给他们家多多的钱！不过，不是媒体炒作的黄金百万。那得多少钱呐,那不得比慈禧那个败家的赔给列强的还要多。其实也就是够他们家里用而已,媒体啊,真是个放大镜。

光绪：宁愿将钱都给这些忠臣良将,也不能给那些外国佬! 外国佬们,还我的江山,还我的钱!

毕东坡：光绪的这个声音秘书处记录下来,等结束后,放到我们的官方微博里。这是个响彻宇宙的声音,落后就要挨打,我们要自强,这是必需的!

个人小传

顾琮(？—1754年),伊尔根觉罗氏,字用方,满洲镶黄旗人,尚书顾八代孙。以监生录入算学馆,修算法诸书,书成议叙。康熙六十一年(1722年),授吏部员外郎。雍正三年(1725年),授户部郎中,迁御史。四年,巡视长芦盐政。八年,迁太仆寺卿。九年,授霸州营田使。十一年,协理直隶总河,迁太常寺卿,署直隶总督。寻授直隶河道总督。

孙嘉淦

敢摸老虎屁股的孙大胆

大家好！我是孙嘉淦，山西兴县人，30岁中进士，荣耀的是我家兄弟三个都是进士，孙家真是沸腾了，兴县也沸腾了！

我的一生蒙康雍乾三位英主的厚爱，位极人臣，能尽言、尽力。

述职嘛，我想说三件事情，也是我一生被人称为"孙大胆"的三件事情。

▌摸雍正老虎屁股：直言不讳▌

雍正皇帝初登基时，有好多关于"兄弟话题"的流言蜚语，我上书直言，请雍正皇帝"亲骨肉，停捐纳，罢西兵"。雍正帝很生气，我这也是找死，非写他不喜欢看的。可是，皇上没有处罚我，还说很佩服我的胆量，就是"傻大胆儿"。

摸乾隆老虎屁股："三习一弊"方针

这个是写给乾隆皇帝的,我想他刚登基,正值龙虎之年,注意身体最重要,干皇帝一职要有好的肾,肾亏肾虚了就完蛋了。我针对这个方面上了"三习一弊"的折子:耳习——听奉承话,目习——看奴颜媚色,心习——喜主观武断,三者必导致亲奸佞而远贤良。能对君主有帮助,有一些参考价值,我觉得就很好了。

碰瓷权贵

咱们没有后台,而人家那些祖辈都是王公的可了不得,从小就是锦衣玉食,不知人民疾苦,长大了也不会同情别人,更不会关心别人。如果再给点权力,必定会殃及百姓。我在直隶总督任上的时候,当时的贝勒允祐门人侵占生员马承宗的家产,而且有邪教的嫌疑。别人劝我不要碰允祐,他毕竟是雍正皇帝的弟弟。但我不那么认为,贝勒门人作乱,就是给贝勒抹黑,英名的贝勒不光不应该袒护,更应该积极配合查问才是。允祐就是这样的贝勒,最后给了马承宗公正,清除了不利于贝勒的门人,所以才有后来的和硕亲王爵位。

就这些吧。

雍正:《雍正王朝》里把孙大胆派到了西北和年羹尧共事,结果被年羹尧所杀,真是冤枉你了。《宰相刘罗锅》里面刘墉的好多故事本身就是"盗版"了孙大胆的。孙嘉淦,大清因为有你这样的直谏之臣而兴盛,我也因为能有你这样的好臣子而开心呐。满分!

乾隆：满分！这个没说的。"三习一弊"很受用,让我成为了"十全皇帝"。作为管理者,没有一些系统的指导思想和好习惯,那是很危险的。在我心里,早就给孙嘉淦封侯了,爵名就叫"大胆侯"。

刘墉：孙大人,我确实没有你那么多的故事,也没你那么荣光,是电视剧盗版啊,可不是我的本意。呵呵,下来我请您吃荔浦芋头哈。

孙嘉淦：不用,不用,我请你吃面条吧,山西的棒子面饸饹,羊肉烩锅面的,撒点香菜,倒点老陈醋……

毕东坡：说得我都想吃了。接着来吧。对了,秘书处,孙嘉淦第一个拿到两个满分,记下。

个人小传

孙嘉淦（1683年—1753年）,字锡公,又字懿斋,号静轩,山西兴县人,历康熙、雍正、乾隆三朝,是清前期一位突出的有胆识的宰相级官员。乾隆三年（1738年）十月,授直隶总督。六年八月改任湖广总督。任期两年零十个月。前人评价说,"嘉淦初为直臣,其后出将入相,功业赫奕,而学问文章亦高,山西清代名臣,实以嘉淦为第一人"。

我的一生萦系康雍乾三
位英主的厚爱，位极人
臣，能尽言、尽力。

高斌
运气好时代好

大家好！我是高斌，由皇帝抬旗成为旗人，高佳氏，我家族的命运就此改变。

我想说两个方面：一是珍惜运气；二是珍惜时代。

▌珍惜运气▐

我们高家，世代都是辽东爱新觉罗的包衣①。女儿成为乾隆帝的侧福晋、皇贵妃，这样一来，我们的政治地位就高了许多。我呢，也成为内务府主事，管苏州织造，后升布政使、河道总督等。我觉得这就是个人的运气。有机会让领导关注自己、用自己、给自己机会，这就是运气。有了这么好的运气，自然就要去珍惜，要不然那就是最大的浪费！

---

①包衣，中国历史上满族社会的最下等阶级。包衣为满族语，即包衣阿哈的简称，又作阿哈。包衣即"家的"，阿哈即"奴隶"。汉语译为家奴、奴隶、奴仆或奴才。为满族上层统治阶级贵族所占有，被迫从事各种家务劳动及繁重的生产劳动，没有人身自由。来源主要是战争俘虏、罪犯、负债破产者以及包衣自己所生的子女等。到清朝在全国范围内建立统治后，包衣有因战功等而置身于显贵的，但对其主子仍然保留其奴才身份，其中最为人知晓的就是清雍正时期的年羹尧。——编者注

▌珍惜时代 ▐

我处的时代,不像曾国藩、李鸿章那么不幸,这是康乾盛世!我的管理者是雍正和乾隆,了不起的牛人呐!这就是我的时代,美好的时代!在这样的时代里,我能和鄂尔泰、孙嘉淦、刘统勋等名臣一起共事,协助他们治河、赈灾、查案等,进步非常快。我还能积聚好大的功业,感谢我的这个时代!

没了。如果有人和我一样幸运,那就请好好珍惜吧,千万不要糟践了自己所拥有的,那样你就是世界上最最最最最笨的傻瓜!

谢谢。

乾隆:高斌知道珍惜,不容易,机会是领导给的,功业却要靠自己建。就怕那些占着茅坑不拉屎的下属,也怕占着茅坑不拉屎的上级,两者都会害死一批人!

咸丰:同样都是抬旗,都是厚爱,叶赫那拉氏就没你高佳氏那么乖巧了,唉!

毕东坡:好,我们大家都学会珍惜就好。世间不缺发自肺腑的忠告,但不可思议的浪费也不少。也许这就是我们人类的局限性吧,永远也突破不了"俗气"的属性。

个人小传

　　高斌（1683年—1755年），高佳氏，字右文，满洲镶黄旗人。乾隆皇帝慧贤皇贵妃父。初隶内务府。雍正元年（1723年），授内务府主事。再迁郎中，管苏州织造。六年，授广东布政使，调浙江、江苏、河南诸省。九年，迁河东副总河。十年，调两淮盐政，兼署江宁织造。十一年，署江南河道总督。十二年，回盐政任。复署河道总督，培范公堤六万四千余丈。十三年，回盐政任。旋授江南河道总督。乾隆六年（1741年）八月由江南河道总督改任直隶总督。七年七月离任。任期一年。乾隆八年闰四月回任。十年正月因事奉召进京。任期一年零八个月。乾隆十年二月回任，同年五月离任，迁吏部尚书。任期三个月。

史贻直

用臣者皇上

大家好，我是史贻直，我简单说说吧。一共有三个主题：一是"烧锅"不能想象着废；二是用臣者皇上；三是害人者私心。

▌"烧锅"不能想象着废 ▐

当大官容易，做大官该做的事情难。我担任过工、兵、刑、吏四部尚书，经常参加廷议。我们许多的大人对于时事的判断都是凭着自己的感觉和喜好，而不考虑民间的实际情况。比如，有次廷议要停掉"烧锅"①。理由是他们认为酿酒是件很浪费的事情，粮食多了才能酿酒，要不然吃都吃不饱怎么拿粮食去酿酒？朝廷不论百姓粮食充不充裕，统一下令不让"烧锅"。这本来就是很不客观的举措。几位大臣不喝酒，就不允许老百姓酿酒、卖酒、喝酒？十来个人要戒酒就让天下所有人都不许碰酒？整个白酒行业不是都得遭灾？所以，我劝雍正皇帝不要轻易下旨，要根

---

① "烧锅"是酿酒的作坊，因为有粮食蒸馏的环节，喝酒要温酒等，老百姓就把酿酒叫"烧锅"。——编者注

据当地的实际情况酌情给予官方的劝导。

▍用臣者皇上 ▍

在朝为官，我常和田文镜、年羹尧打交道。田文镜刚愎自用，年羹尧不可一世，都是皇帝的左膀右臂。我没有想过得罪谁，也没想过巴结谁，就想着把皇帝交予的差事儿办好办妥。田文镜因为办事儿太过雷厉风行，弹劾知州黄振国等一批官员办事不力。我奉皇帝之命前去核查，除了田弹劾的以上官员应该革职查办外，我查知知县张球为官恶劣，而田文镜却一直庇护他，不追究他。我秉公上报，罢免了张球，田文镜也受到了应有的责罚。

年羹尧案爆发后，大量与年羹尧有纠葛的官员受到了牵连，而我也是当初年拉拢的官员之一。雍正皇帝问我："你也是年羹尧举荐的人吧？"我说："是啊，臣是年羹尧举荐的，但是用臣的是皇帝您啊！"大家说，我说得对吧？我们都在一个时期共事，大家不可能不交往，不能因为年羹尧举荐过我，就等于我和年羹尧一样了吧？我就是我！如果皇帝对臣子不信任，哪能换来臣子忠心耿耿的付出啊？

▍害人者私心 ▍

我也是有私心的，为了让儿子拿到布政使的位置，我以吏部尚书兼文渊阁大学士的身份写信给甘肃巡抚，要求照顾照顾，结果被皇帝知道了，为此还休息了一阵子。幸得皇帝厚爱，才又出来做宰相。

直隶总督这个位置，我只署理了9个月，其中的职责也是治河，并没有其他什么新鲜的内容。我 19 岁成进士,之后的仕途一路顺风,堪称美满的人生。

谢谢大家。

乾隆:有私心乃人之常情,臣子写个条子就是罪过,而皇帝成天"张口就来",把别人的生死和命运掌握在自己的手中,想想,其实我们才是最有私心的!权力可得慎用啊,你的轻轻一个决定,可能就给别人带来灭顶之灾。

毕东坡:权力就是春药,这是自古以来验证的真理。多少官员因为手里的权力而劲头十足,贪钱养情人,安排子女过着纸醉金迷的生活。就是史贻直这样耿直的人,也不免用一下权力给儿子铺铺路。权力越大,职责越大,能够运用好权力的人实在是可贵!

个人小传

史贻直(1682年—1763年),字儆弦,号铁崖,江苏溧阳县人。清康熙三十八年(1699年)中举人,次年中进士,授检讨。以后历充云南主考、广东督学、赞善、侍讲、庶子、讲读学士。雍正元年(1723年)任内阁学士,次年升吏部侍郎。后来署理闽浙总督,升左都御史,协理西安巡抚,又升户、兵部尚书。乾隆初年历任湖广、直隶总督。乾隆九年(1744年)授文渊阁大学士兼吏部尚书,乾隆二十年(1755年),他为次子史奕昂担任甘肃布政司,写信给巡抚鄂昌,被告发而削职。乾隆二十二年(1757年)再入朝拜相。去世后,赠太保,谥"文靖",入祀贤良祠。

那苏图
有治人无治法

大家好,我是那苏图,镶黄旗,在直隶总督任上四年多。

我承蒙皇帝厚爱,一直在地方担任要职,现在总结述职,我想从两方面和大家分享分享:一是八旗屯田,二是有治人无治法。

▌八旗屯田▌

八旗制度是我们满族特有的军政组织形式,分为上三旗和下五旗。上三旗,头旗为镶黄旗,代表人物鳌拜、隆科多、傅恒、福康安、慈禧;正黄旗,代表人物索尼、明珠、铁保;正白旗,代表人物多尔衮、多铎、曹雪芹、婉容、荣禄。下五旗,头旗为正红旗,代表人物代善、和珅、乌兰泰、老舍;镶白旗,代表人物铁良、川岛芳子;镶红旗,代表人物瑾妃、珍妃;正蓝旗,代表人物莽古尔泰、奢英、启功;镶蓝旗,代表人物鄂尔泰、穆彰阿、肃顺、端华。这是对八旗的大概介绍,有些后来的名人在此也推荐给各位知道知道,不明白的地方,请主持人毕东坡先生将相关资料给评委和大家。

八旗入关后，逐渐开始堕落腐化，不事劳作，成了国家的负担，而且参与买卖土地，手里积累财富并挥霍，加深了社会矛盾，威胁到了清朝的统治。雍正皇帝时期就倡导旗人耕作，但是效果不好，万事总是开头难，到了乾隆皇帝时期，旗人耕作、旗人屯田相关事宜都进入了具体执行和广泛实施阶段。我根据旗人的特点整理了"旗人屯田章程"，皇帝阅后参照颁布执行。

有治人无治法

荀子说：有乱君，无乱国；有治人，无治法。这就是说事情是死的，人是活的，处理事情不必照本宣科，要实事求是。江南旱灾，皇帝下旨调拨福建仓谷 30 万担赈灾。我认为两江本来就是鱼米之乡，可以就近买米，运输也快，不愁没有赈灾的粮食，而福建不产米。于是我上书皇帝，建议福建运 10 万担米赈灾，留 20 万担备用，皇帝批准了。乾隆四年（1739年），有旨意要免除两江地丁钱粮，我认为这种减免不分贫富这一点不好，就算灾年富户的损失也是最小的，损失最大的还是老百姓，那么损失小的富户就不应该享受这种减免。我上书皇帝实地登记核实，核定金额，按照贫富来执行这种减免的政策，皇帝称赞我思考问题"有治人无治法"。

乾隆：那苏图能够在处理问题上以"有治人无治法"的原则去贯彻始终，实属难得，所以我一直让他担任地方要员，闽浙、两江、两广、直隶等总督都干了个遍，有这样负责的督抚人才，朝廷就轻松多了。

毕东坡：那苏图大人提到了八旗代表人物，有些人物是大家所不知道的，我们秘书处正在整理打印这些人的资料发给大家一览。

雍正：八旗子弟饱暖思淫欲,不求进取,不改革不行呐,哪还有原来的巴图鲁风貌! 在文治的时代,也很少有人有像那苏图这样的才干!

个人小传

那苏图(? —1749年),戴佳氏,字羲文,满洲镶黄旗人。康熙五十年(1711年),袭拖沙喇哈番世职,授蓝翎侍卫。雍正初年(1723年),四迁兵部侍郎。四年,出为黑龙江将军。八年,调奉天将军。乾隆元年,擢兵部尚书。二年,调刑部,授两江总督。协办吏部尚书顾琮请江、浙沿海设塘堡,复卫所,下督抚详议。五年,授刑部尚书。旋出署湖广总督。十一年,条奏八旗屯田章程。十二年,上东巡,那苏图从至通州,赍白金万。条奏稽察山海关诸事,并如所奏议行。加太子少傅。十三年,加太子太保,授领侍卫内大臣,仍留总督任。十四年,命暂署河道总督。卒,赐祭葬,谥恪勤。

陈大受
惜民才能让民爱你

我是陈大受，曾暂署直隶总督二十天，只是客串了一下而已。今天来述职，主要和大家交流一下"苍天不负有心人"和"爱民"两个话题。

苍天不负有心人

小时候，我家里穷，父亲给人家做佃农。族人里有个做贩卖鱼生意的商人，经常出门，我就给这个族人看家。他家里有好多的书，我就抓紧时间读书学习，掌握了大量的知识，并于雍正十一年（1733年）考中进士，乾隆元年御试第一，从此改变了命运，步入仕途。

台湾按照惯例每年将粮谷运往大陆，问题是每年都有积欠，而且越来越多。为了台湾的稳定，我建议朝廷免除历年台湾的积欠，施恩于台湾，让台湾民众感恩于朝廷。从长远去考虑，台湾是福建的屏障，一旦用兵，粮草必将是最大的问题，为此我和同僚们千方百计地积攒粮食40万担，以备不时之需。

▌爱民▐

每年遇到灾荒,好多百姓吃槐树叶、观音土,不是消化不了就是患上各种各样的疾病,不少百姓会饿死,而且饥民多了往往会出现不稳定的社会问题。根据这种情况,我提出"以工代赈",国家出资组织灾民修筑堤坝、修挖河道,解决他们吃饭的问题,这样一举两得,既让关乎国计民生的水利农业设施得到很好的维护,也使大量的灾民保住了性命。对于那些流离失所饿死的老百姓,我命相关部门掩埋尸体,不让他们曝尸荒野。

"惜民"不是口号,不是书面文章。我们这个层次考虑的不应该是个人收入、家庭私事。我们位极人臣,工资待遇很不错了。我们的收入,折合成现在的人民币,相当于年薪十二万,而我可以断定,大家每年额外的收入比这个还要多! 不必像老百姓那样成天为吃喝而操心,那我们就应该尽力为老百姓做点事情。

比如,江南水灾,对于诸位来讲,可能损失了一个园子,一个用不着的宅子,而对于老百姓呢? 那可能是倾家荡产,甚至家破人亡啊! 你我可以任意选择生存的空间,老百姓能吗?

朝廷给我们高待遇,高位置,实实在在的"高官厚禄",实实在在的"油水猛进",目的就是让我们帮皇帝更好地为民服务。让老百姓们富足,然后才有国家的富足!

很惭愧,我在有生之年为老百姓做的太少,历史上记载的,我觉得都不值一提! 大家说我是"清节宰相",我觉得自己还不够这么高的美誉。为百姓造福和信佛一样,心诚则灵! 虚情假意的东西只能用来糊弄鬼怪! 惜民才能让民爱你。

今天来述职，主要和大家交流一下，苍天不负有心人，和爱民。这两个话题的话题。

谢谢!

乾隆：陈大受能够看透人的欲望，将精力集中于理想化的官员服务中，千古只此一人呐。我也很难参透欲望的诱惑，一生都在欲望的牢笼里转悠。为了你的了不起，满分送上！

毕东坡：陈大受确实提出了一个普遍存在的现象，那就是"虚情假意地为人民"。有些人本来就不知道如何"惜民"，还功利地和老百姓交换政治资本。威信不是来自于宣传程度，而是来自群众真正的心声。

个人小传

陈大受（1702年—1751年），字占咸，号可斋，湖南省衡永郴桂道祁阳县金兰桥（今衡阳市祁东县金桥镇）人。陈大受幼时沉敏。既长，读书不辍。雍正十一年（1733年）进士，选庶吉士。乾隆元年（1736年）授编修。二年，御试第一，擢侍读，充当日讲起居注官，成为乾隆近臣。后任内阁学士、直隶总督、两广总督。乾隆十四年七月，以吏部尚书署理直隶。同月即离任，暂署二十天。

方观承
保定棉农我最爱

各位同僚,大家好!我是方观承,可能我任直隶总督的时间比较长一点,在这个让人骄傲的岗位上,我一干就是二十年!

我说三个内容:一是倒霉的方家祖先;二是吉人天佑;三是保定棉农我最爱。

┃ 倒霉的方家祖先 ┃

大家知道,我们桐城方家也算是名门望族,祖上从顺治爷那个时候开始,一直就是官宦人家。可是,因为戴名世的《南山集》牵扯到我的爷爷方孝标、父亲方式济,成年的方家人全部被发配到了齐齐哈尔,一家四代都遭到发配穷边的处罚,也算是我们方家的特色了。

我和哥哥不得不寄身在南京清凉山寺,靠僧人接济为生,生活之困苦可想而知。我们兄弟年岁稍长后,因思念父祖,于是徒步万里,往来于黑龙江与南京之间。千山万水之间,常常是日行百里,不着一餐。有一年,再度北上省亲的我正独行在山东道上,而杭州人沈廷芳与海南人陈镳恰好一同乘车赶往京都应试。这两人看到我一路随车徒步而行，衣冠欠整，劳顿疲惫，举止端严，不由相问。交谈中，沈廷芳与陈镳二人得知我的身世、经历，深表同情，于是邀请我一道乘车赶路。问题是车厢狭小，仅能容两人，于是我们决定一路上每人轮流步行 30 里，乘车 60 里。三人就这样一路风尘到达京城。沈、陈二人与我分别时，又送给我新衣毡笠，以御道途风寒。几十年后，已经身为封疆大吏的我得知沈廷芳（后官翰林院编修、御史）、陈镳（后官云南首府官）赴京述职途经我的官邸，便立即派人将沈、陈二人请到府上。故人相见万分感慨，忍不住涕泪纵横。一段逆旅互助奇情，让我永远刻骨铭心呐！

▎吉人天佑▎

父祖相继在黑龙江病故之后，我流落京城，在东华门外靠为人测字挣得住食费用。我相信金子总会有发光的时候。一日，年轻英武的铁帽子王爷福彭于上朝途中经过东华门，惊讶于我测字招牌的书法功力，停轿一谈，发现我是个学问见识都非同等闲的世家子弟，立即请我到他府中当一个幕僚。雍正十年（1732 年），因为才具非常，24 岁的福彭被任命为定边大将军，出征准噶尔。他随即上奏要招我为记室，随军出征。雍正皇帝奇于我的经历，召见问对之后，就赐予我中书衔。于是，一介布衣的我居然一跃成了朝廷大臣，自此开始了平步青云之路。当时的我 33 岁。

测字谋生，到成为王爷的幕僚，随军出征，开始平步青云，这就是我的幸运，我称之为：吉人天佑。

▌保定棉农我最爱▐

在直隶总督任上的 20 年，我将治河以及保定本地种棉花的农业经验等整理成册，方便推广并记录历史。

我前后奏上治河方略数十疏，并邀请著名学者赵一清、戴震编辑了"直隶河渠书" 130 余卷。此书对后世直隶辖区河渠的治理工程，颇有裨益。除此之外，我对经学、文史等方面，也多有探索和研究，曾与进士出身的秦蕙田同撰了《五礼通考》一书，共 262 卷，内容除吉、凶、宾、军、嘉五礼外，还涉及天文、地理、算法、乐律诸方面的知识。

我根据自己长期积累的植棉经验，于乾隆三十年（1765 年）绘成《棉花图》16 幅，计有布种、灌溉、耕畦、摘尖、采棉、炼晒、收贩、轧核、弹花、拘节、纺线、挽经、布浆、上机、织布、炼染，每图都配有文字说明和七言诗一首，系统地说明了从植棉到成布的全过程，同时列出每道生产程序中的工艺经验。进呈乾隆皇帝，乾隆御笔题诗 16 首，倍加赞许。同年七月，《棉花图》包括乾隆的题诗被刻在二十块端石上。现存的十二块中，有十一块长 118.5 厘米，宽 73.5 厘米，厚 14.2 厘米；另一块长 89 厘米，宽 41.5 厘米，厚 13.5 厘米。原石刻尚存在河北保定市莲池书院之壁间，现归保定市博物馆收藏。历经 200 余年，至今完好无损。

好，就这些，欢迎大家去参观《棉花图》。

道光：方观承能担任总督之首二十余年，不断地总结、记录、整理直隶范围内的治河经验、农业经验，图文并茂，堪称直隶总督"集大成者"啊！我给你满分！

乾隆：方观承能尽职尽责二十余年，没有辜负我对你的赏识，我很欣慰。因为文字狱牵扯到了你的祖上,让方家人受苦了。我让你在直隶总督位置上一直工作到死,就是为了表达对方家的歉意。我和方观承之间的配合算是很完美的了。

毕东坡:方苞、方以智、方观承等,都是有历史的人物。历史是深沉的,有分量的,也因为你们而更加瓷实!

个人小传

方观承(1696 年—1768 年),字遐谷,号问亭,一号宜田,安徽桐城人(今桐城城区凤仪里人)。平郡王幕客。以荐赐中书,官直隶总督,为有清一代名臣,著名的乾隆"五督臣"之一。谥属敏。工书,有临麻姑仙坛记小楷卷,横直相安,极为斩截。卒年 71 岁。著《宜田汇稿》、《问亭集》。

杨廷璋

爱好"美女神话"的浪漫总督

大家好,我是杨廷璋,汉军镶黄旗人。任直隶总督三年多。这个述职,我就说说我的一些经历吧。

▌螺女、倩姑▌

我在闽浙一带工作的时候,了解到许多"美女神话",在神话的氛围下,我设立了螺洲、乌龙江"塘汛"。"塘汛"这个称呼现在不用了,就是关卡的意思,有一定的驻军。螺洲在福建仓山区,它是一个古朴幽静的小渔村,传说在东晋时,渔村的居民谢端娶了螺女为妻,因为谢端的这个仙缘渔村得名为"螺洲"。乌龙江在福州,传说原来并没有乌龙江,是因为当地的美女倩姑误食一枚花蛋而怀孕生下乌龙,乌龙生下后一直隐身不与倩姑相见,倩姑苦苦相求,乌龙答应与其在枕峰山相见。相见之日,乌云翻滚,雷雨大作,枕峰山被一劈为二,乌龙江一泻千里直入东海,倩姑骑在儿子乌龙身上远去。

螺女、倩姑两个美女的传说带来了两个关于台湾工作的关卡,我加强渔民管理,发放渔船证照。福建歉收,粮价高,而台湾粮价低,渔民经常偷跑到台湾找吃的,不方便也不安全。我奏请放宽米禁,将台湾的一部分粮食运到福建,解决了这个问题。

滹沱河

在直隶省境内,有滹沱河(呼驼河),源头在山西省繁峙县,向西南流经恒山和五台山,东流至河北献县,是直隶省很重要的水利资源。在直隶总督的位置上,我请旨在正定西南修筑堤坝,在藁城西北用麦秸、石块、树枝扎成圆柱形的遮挡物做成堵口护岸。我对任丘当地的土地进行了勘察,将地势低洼的土地改种水稻。我还将辽宁七仙女曾洗澡过的龙潭湾开堤放水,疏通水利,浇灌土地。

香山九老会

这个"九老会"是文化聚会,不限定九人,来源于唐代白居易的故事。白居易曾在洛阳龙门故居香山与胡杲、吉旼、刘贞、郑据、卢贞、张浑、李元爽、僧人如满等人集会。他们趣味相投、远离世俗、纵情山水,白居易请人将此次聚会活动描绘了下来流传后世。后人羡慕这种赏玩泉石风月、纵情山水的超脱意境,渴望这种悠闲自得的生活方式。我们的皇帝也是如此,都有疲惫的时候,渴望在忙碌的空暇里有这样"香山九老"式的集会来放松一下。我有幸参与了这个盛会。

就这些,谢谢大家!

毕东坡：杨廷璋总督有着一颗"风月"的心，总是能以一种浪漫的心情面对他的每一次任职，不是螺女仙子、倩姑，就是七仙女洗澡，有着这样享受生活的心，杨总督给了我们的述职活动一份别样的感觉。

雍正："风月"是人之常情，总督们基本上都是学富五车的才子，都由风华正茂到耄耋老者，干了一辈子，累了一辈子，但是内心的那种浪漫不能丢！我就喜欢直接不做作的官员，只要是能臣干将我总会不拘一格提拔。杨总督的述职很好，很好。

乾隆："香山九老会"我组织过几次，除了吟诗作画，还有根雕等艺术，唉，下辈子不做皇帝我一定要做一位优秀的诗人！好好地过过自由文人的瘾！

个人小传

杨廷璋（1688年—1772年），字奉峨。汉军镶黄旗人，世袭佐领。雍正七年（1727年），自笔帖式授工部主事。再迁郎中。授广西桂林知府。乾隆二年（1737年），擢左江道。十五年，擢按察使。二十年，迁湖南布政使。二十一年，授浙江巡抚。乾隆三十三年（1768年）八月以刑部尚书授直隶总督。三十六年十月调任刑部尚书。任期三年零两个月。

周元理
说话办事要留后路

大家好！我是周元理，担任直隶总督七年零五个月。

我想说三方面的话题：第一，贵人提拔事半功倍；第二，承德府；第三，雄县事，说话留后路。

贵人提拔事半功倍

我是举人，后补保定府蠡县的知县，又调清苑。总督方观承贵人助我，推荐我为知州的人选。我获得宣化知府的位置，后升按察使、布政使等，没离开过保定的范围。如果不是方老的提携，一切的进程都会很慢，也许我到老还是一个七品芝麻官呢。

承德府

承德府在清朝之前是不存在的，承德的建设和规划是后来的事情，我在乾隆四十三年（1778年）奉命筹划建设承德府。清朝初期，承德只是住着几十户人家的小村落，叫热河上营，乡镇级。康熙四十二年（1703年），朝廷在此修建了避暑山庄，雍正元年(1723年)在此设立了热河厅，升格为县级。乾隆四十三年，改为承德府，变成了市级，下设平泉州、滦平县、丰宁县、隆化县、朝阳县、赤峰县。有了这些建制和规划，同时进行人口补充、学校教育设施完善，直隶省一个新兴的城市——承德府就这样浮出水面了。

▌雄县事，说话留后路▌

在直隶总督任上，我采取了"以工代赈"的形式治理河道，在回奏皇帝的时候说：直隶治理河道以工代赈，没有问题！可是，在这期间出了雄县知县胡锡瑛私自买卖赈灾粮食的案子。我自己打了自己一个嘴巴，自食其言，受到了皇帝的处罚。整个直隶省辖区很大，官员很多，怎么能说"没有问题"呢？所以，在说话上，特别是工作汇报上，吹牛、把话说得太满，自己就没了退路。

好了，谢谢大家！

毕东坡：今天的承德市八县三区，369万余人口，是国家AAAAA级景区，中国十大特色休闲城市之一。这个漂亮城市的今天有着周总督等人的功劳，承德应该记住他们。

咸丰：我最喜欢避暑山庄了！特别是英法联军侵入北京的时候，幸亏有避暑山庄，我可以带着老婆孩子到那里躲躲。不成想因为承德太冷，我自己染上了病，再也没有回来……

乾隆：无能！无胆！无作为！避暑山庄是皇室狩猎消暑的地方，怎么成了你和老婆孩子避难的地方,扔下黎民社稷不顾……

（雍正、道光等评委都有怒色,咬牙切齿,述职会场一片哗然。）

毕东坡: 大家淡定,淡定。述职会场保持安静!

个人小传

周元理（1706 年—1782 年）,字秉中,浙江仁和人。乾隆三年（1783 年）举人。乾隆三十六年（1771 年）十月以山东巡抚迁直隶总督,四十四年三月被罢官。任期七年零五个月。乾隆四十四年十二月以左都御史署理。四十五年迁工部尚书。

英廉
吵架、装傻、不说话

各位同僚、评委，大家好！

我是英廉，英雄的英，廉洁的廉，汉军镶黄旗人，我是汉军第一个授大学士的。

和大家说说我的三个阶段吧，一是吵架，二是装傻，三是不说话。

┃ 吵架 ┃

刚开始，我被派去负责永定河道，总督方观承弹劾我对于水利工程的近况隐瞒不报，耽误了重要的工程，把我抓起来问罪。我就和方观承吵架，这事好长时间都没有解决。后来，皇帝派人查看此事，说我没有及时上报实情，导致水利工程延期，造成很大的经济损失。皇上把我调回京城，言辞上很保护我，说我刚刚到任，出问题也是前任的云云。后来，我就在京城混了，直到做到二品大员护军统领的高位。

装傻

经过历练，我成熟了，不再顶撞上级，也不得罪同僚。侍郎高朴劾左都御史观保，侍郎申保、倪承宽、吴坛交内监高云从，泄露了道府记载。皇帝问我，我就装傻说不知道。皇帝下诏斥责我，虽然从宽处理留任原职，但夺了我的官名。皇帝又生气了，让我回家休息了三年。

不说话

后来，京城有商人投递公文给皇六子永瑢，内容涉及请皇六子帮忙的事情。这事被皇帝知道了，下令内务府查办。我知道朝廷不允许皇子和官商勾结深入往来，但这是皇子，得罪不起呀！所以当皇帝召见我问及此事的时候，我便一问三不知。皇帝一生气又让我回家休息了三年。

在家休息我也安心，因为没有得罪人，没有因为话多而给自己埋下祸根，皇帝迟早会想起我。乾隆四十二年（1777 年），我被起用为协办大学士，四年内三次署理直隶总督，最后以大学士的身份退休养老，等等。

官场之道，就是"装傻寡言别吵架"，君子小人都得罪不起，不要为一时的不如意而气馁，要相信总有自己的机会，耐心的等待就是成功！

谢谢！

雍正：这是什么糊涂理论？都像你这样，那天下不都是由石头和哑巴在管理吗？逃避责任，躲避灾祸，动不动就把别人推到前面，自己缩在后面躲着。这样的总督该杀！侍卫！

（侍卫将英廉拖走了，英廉还在喊：我写错了，我改改，我改改行吗？）

和大家说说我的三个阶段吧，一是吵架，二是装傻，三是不说话。

毕东坡： 英廉敢于和我们交流，却不敢参加记忆深刻的"咔嚓司一日游活动"，既然说了，就要有勇气承担说出后的结果。这个没什么商量的。

个人小传

英廉（1707年—1783年），字计六，冯氏，内务府汉军镶黄旗人。雍正十年（1732年）举人。乾隆四十四年（1779年）三月以协办大学士署理。署理两个月。乾隆四十六年十一月以东阁大学士署理，同月回任。署理15天。乾隆四十七年十月郑大进死后仍由英廉以大学士署理。署理十天。

杨景素

成于兵事败于国泰案

大家好！我是杨景素，监生入仕，在直隶总督上任职七个月。

我就和大家说两方面的事情，那就是：我杨景素，成于兵事、败于国泰案。

我家给我花钱捐了个县丞，分配到直隶河工效力。乾隆三年（1738年），我补缺担任保定府蠡县县丞，开始了正式的仕途，后来熬到了保定知府。乾隆十八年（1753年），外调福建，漳浦的蔡荣祖准备叛乱，我及时带领人马将其斩杀，因为军功升任直隶布政使。但又因为雄县胡锡瑛贪污侵吞赈灾款案件爆发，我有失察下属的罪责而被免官。乾隆三十九年（1774年），山东寿张的王伦叛乱。我奉命领人准备人马参与平叛。王伦的人马准备用粮船结成浮桥渡河，我和总兵万朝兴等合力拦截，趁着夜色焚烧了他们的浮桥，王伦大败。我由此被提拔为山东巡抚。乾隆四十四年（1779年），我署理直隶总督。

乾隆四十五年（1780年），我官场的厄运来临了，两广总督巴延三告我操守有问题，在发兵平叛的时候贪污赃款放纵盗贼；两江总督萨载罚我家属承修河堤工程；福康安又告发我在两广索要贿赂六万余两，皇帝责令我儿子分年限交还这些银两。从此我的仕途一片灰暗。为什么有这样天翻地覆的变化，两广、两江等总督一起告发我呢？这显然与当时的一桩大的贪腐案有关，那就是：国泰案。

国泰是四川总督文绶的儿子，当时担任山东布政使，我们作为同事免不了互相支持联系。国泰为人不讲礼节，对待下属非常粗暴，下属汇报工作常常跪着，这种专横的行为自然惹怒了大学士阿桂等中枢大臣。在这些皇帝近臣的弹劾下，国泰被查，许多在他任职期间的事情都被揭露出来。我、国泰、于易简被一锅端。查办这个案件的有和珅、刘墉、钱沣，举证告发的还有地方总督同僚们，我们一下子都栽到了政治斗争的漩涡里。

我平时不注意积攒恩德，广为树敌，处理事情在方式方法上过于激烈、极端，导致子孙家人都跟着我受连累。

居安要思危，做事儿要留后路吧。人最怕的就是晚节不保，晚景一片凄凉。

谢谢。

毕东坡：杨景素很坦诚，每个人只要做事情肯定会犯错误，就看别人怎么看了。英廉失职，却得到皇帝的庇护，你杨景素类似，却要回家休息，要不是因为乱民的事情，你还得继续休息。这就是人们所说的偏心眼，没辙。

乾隆：唉，不好办，一碗水端不平呐。我也很无奈。

个人小传

　　杨景素（1711年—1799年），字朴园，江南甘泉人，提督杨捷孙。父铸，古北口总兵。景素屏弱，不好章句，贫不能自给。入赀授县丞。乾隆四十四年（1779年）三月由两广总督调任直隶总督，五月到任。任期七个月。

袁守侗

杰出的高富帅

大家好，我叫袁守侗，山东人，是袁紫兰的孙子。

我就说三个方面吧：一是逆天豪富二百年；二是出色的高富帅；三是家里有钱好做清官。

▌逆天豪富二百年▐

明清时期全国的首富（不包括贪污犯）有三个人，河南康百万、江南沈万三、山东袁紫兰。袁紫兰是我的祖父，他出生后不久曾祖父就在住的地方挖到了一个大水缸，里面全是金银财宝、珍珠玛瑙！据说这是沈万三当年的财富，曾祖父就认为祖父是个不平凡的孩子，一出生就给家里带来了惊天的财富。当然，还有人说祖父做官以后，在柳州知府衙门里挖到了吴三桂积累的财富。关于财富的来源，我也没有搞明白，只是有一点可以肯定，那就是我们袁家财富的来源就是意外之财！不是自己家辛苦积累的。从曾祖父袁云蒸开始，祖父袁紫兰、父亲袁承绶，到我以及后人，袁家富甲全国，延续七八代，二百余年！从山东济南府长山县焦桥到北京的管道都是袁家修的,每隔五十里地就有一个店、一口井,袁家人进京只住自家的店只喝自家的水！在清代我们袁家三次挂"千顷牌",我们家的土地积累超过了30万亩！这种"逆天"的财富势头是再大的贪污和圈地活动都无法企及的！有了财富的强大支撑,袁家历经康、雍、乾、嘉,涌现出160多个朝廷重臣,政绩卓著,成就了一个中国家族的奇迹！

杰出的高富帅

　　最近流行"高富帅"、"白富美"这些称呼,说起来,我袁守侗那是地道的"高富帅"！家族给了我很好的教育,乾隆九年（1744 年）,我参加乡试得了山东第一名。可是,到北京的会试却名落孙山,后来我动用家族的财力交钱上了国子监。同是山东人,曾取得山东县、府、道三连冠的蒲松龄却因为家里没钱,到了71 岁才获得贡生资格,这耽误了他一生！家族的财富在我最关键的时候成了铺路石,扫清了障碍,让我没有像蒲松龄那样靠写小说过日子。因为在国子监成绩突出,我被授予内阁中书,和纪晓岚等人一起共事。我和纪晓岚等结成了一个文社,研究诗词歌赋、做文章,我的学问大大地提高了。因为这一机遇我被乾隆皇帝发现,调去军机处实习,被授予吏部文选司郎中,相当于现在的组织部。在吏部郎中的岗位上,我表现突出,年年综合评比第一,皇帝便给了我当地方官的历练机会,让我大展宏图！

家里有钱好做清官

对于我来说,做官就是做事儿,因为家里太有钱了,我不必考虑贪污发家致富。老婆孩子、子孙后代都有几辈子的保障,没有后顾之忧,自然就可以认真做事儿,不必留私心,能够抛开一切去干。不论是在江西道监察御史任上,还是广西按察使任上,都是如此。给祖父守孝三年后,我回到了北京,曾五次被任命为钦差大臣,查办过不少案子。因为我没有后顾之忧,明察暗访,滴水不漏,获得了"袁青天"的光荣称号。

在直隶总督任上,乾隆皇帝赠诗给我:"督军兼理抚民事,责重器资特简诸。中处久经勤扬历,淀河并赖善防疏。葺修行馆犹馀务,保障京畿慎匪纾。幕府一年凡两易,抡材宅牧益愁予。"意思是说直隶总督这个岗位既管军队又管民事,既要带兵打仗也要管理地方政务,责任重大。而我任职历练多年,河务方面做得很好,现在到了直隶总督这个岗位上,把选拔人才放到首位,保卫京城,保卫皇家的安全。这诗其实也是送给所有直隶总督的,这是皇帝的鼓励和嘱托。

最感动的是,在我死后,乾隆皇帝下旨对我以王公之礼厚葬,此等荣耀,我该怎么说呢?呜呜……(趴在台子上感激涕零起来)

乾隆:你善用你的财富,用财富来投资。而和珅之流只顾着自己的腰包,更可恨的是,那些钱不是自己挣来的,而是贪污的!真是可恶!

嘉庆:富豪知道钱生钱,钱能铺路。和珅知道的是权生钱,圈钱交易。和珅这样的蛀虫,要持续严打严打再严打!

我就说三个吧，一是逆天毫窗二百年，二是出色的高帅窗，三是家里看着好做清官。

　　袁守侗(1723年—1783年)，字执冲，山东长山人。乾隆九年（1744年）举人，入赀授内阁中书，充军机处章京。迁侍读。再迁吏部郎中。考选江西道御史，授浙江盐驿道。"中原康百万，江南沈万三，山东袁紫兰。"这是清末民初流传的一句民谣。而袁守侗就是袁紫兰的孙子。乾隆四十五年(1780年)任，四十六年十一月丁母忧去职。任期二年零十一个月。乾隆四十七年十月复授直隶总督。四十八年五月病死于任上。任期七个月。

郑大进

有经济头脑的总督

大家好，我是郑大进，南非世界杯有个"郑大世"，长得不好看名气倒挺大，我也长得不好看，为了让大家多熟悉我。我就说说自己的改革创新情况吧。

我的好点子一：是色泽识盐。现代火爆主持人乐嘉用色彩识人，我用色泽识盐！在两淮盐运使任上，我针对有上盐次盐的区别、但没有上盐次盐之不同价格这一弊端，亲自审辨盐色差等，并规定了辨别的条款，明确了安盐、梁盐二种价格。我的努力没有白费，朝廷对此非常肯定，批准执行，大大方便了盐商和百姓。

好点子二：是改革仓储。在贵州布政使任上，我了解到贵州仓库多储米粮，时间长了便沦为陈米，梅雨时节往往都会发生霉变，存了许久最后都成了坏粮食，得不偿失！我开始试行仓储存谷，将米粮在青黄不接的时候平价借粜出去，秋后再用谷换米补入新粮，这样仓储的粮食都是好粮食，减少了霉变。这种做法也成为惯例，被广泛效仿推行。

好点子三：是推行合理的铸铜法。在湖北巡抚兼署湖广总督任上，我发现楚北宝武局铸铜的原料全靠云南供应。按原来的铸造方法，需以

40%的高质料配以60%的低质料进行鼓铸。这样一来高质料越来越少，给采购工作带来很大的麻烦，往往出现采购不到高质量原料而荒废铸钢的情况，严重影响了生产。我派人对此进行考察、核算，发现低质料每厂便宜二两多。如果以低质料铸造，去除杂质之后，其成品仍能与混合料等质，剔除出来的铜渣还可以炼成黑铅以用来制作子弹。于是，我极力推行纯用低质料的铸铜法，当地的铸造业因为这个原料上的合理改进而大大节省了资金投入，生产也逐渐良性循环。

好点子四：是河道增闸创新。我任直隶总督时，发现永定河年久失修，河床严重受淤，水患问题从来都没有很好地解决。我带领清河道署相关官员广泛征求专家及民间意见，获悉官方的传统方法都是隔靴搔痒，注意力都放到了清淤而忽视了修闸，更没有重视闸口的重要性！我便上奏朝廷，决定分段治理永定河，并增设闸口，根据情况关启闸口来调节河流，蓄水泄洪等都得以灵活控制。朝廷对此很肯定，拨给经费，让我自行修筑闸口，这个利国利民的想法得以很好地实现！

给盐分类、解决米的储藏问题、铜铸问题、河道问题等，这些都得到了解决。但问题总会层出不穷，办法也是如此，只要我们静下心来去想，就能够找到！

谢谢大家。

毕东坡：郑大进的态度本身就是一种创新和改革，因为他本身就没有拿着既定的不可变化的方法论去看待事物。在他的眼里一切都是可以变化、变通的。这样的改革性的人物，真是难得。

雍正：满分！

乾隆：满分！

咸丰：鼓励创新, 满分!

光绪：满分!

个人小传

郑大进（1709年—1782年），字退谷，广东揭阳人，进士。郑大进是清朝雍乾盛世间一位有才华、有经济头脑、有改革精神的实干家。他"凡经七省，遭遇盛明"；"旌节所至，率多建白（建议）"。在各地任上都做了不少有利于生产发展、有利于社会安定的工作。郑大进聪敏足智，从小享有神童美誉。于雍正十三年（1735年）中举，乾隆元年（1736年）登进士。郑大进高科中后，并未授官。至乾隆九年（1744年）始被召进京谒选。初授直隶肥乡县令，累官至直隶总督，授太子少傅衔。乾隆四十六年（1781年）十一月以湖北巡抚任，四十七年十月卒。任期一年。

刘墉
"大男当试"不做屌丝

同僚们、评委们,大家好!

我是刘墉,直隶总督我只是署理了 20 天。不过,很想和大家交流交流。

"大男当试"

我不是神童出身,只是父亲刘统勋比较出名。30 岁后,我才出来参加科考,中了进士。为什么这么晚才出来参加科考呢,没别的原因,就是因为我自己比较笨,功课一直没准备好,父亲让我水平到他满意的时候再出来,不能给他丢人。刘统勋的儿子,屡试不第,那可不是一个什么好消息。至于我的长相,并不是什么"刘罗锅",人老了都会驼背的,我一直干到 86 岁,你说能不驼背吗?政敌自然就给我起了这个绰号。后世的戏说,我就不去计较了。

▍"独爱和珅"▍

我觉得与和珅很有缘分,在那个时候,没有选择,你不可能不面对和珅,他就是你的同事、你的上司,而且是皇帝身边的红人,这就是职场环境。我和钱沣一起惩办山东巡抚国泰,和珅就竭力保国泰,国泰的父亲还是四川总督,压力很大。但我身为左都御史,钱沣也非常能干,我们合力坚决取证弹劾,终于拿掉了国泰,也就由此得罪了和珅。后来,和珅倒台,由我负责审理他、查实他的罪证,结束他罪恶贪婪的一生。不得不说,我与和珅有缘。个人价值往往就在与敌对势力过招的过程里体现。

▍活出自己▍

30 岁入仕,到 86 岁死去,从政为官 56 年,小到知府,大到宰相,我什么都干过。宦海沉浮,此起彼伏,随着皇帝的喜怒,我们的官职就会发生变化。但不论如何变幻,大家都要沉得住气,看开点,用平常心去对待一切。不论在哪个岗位,都要对得起自己的良心。先保护好自己,然后再去为国为民做点事情。

谢谢。

乾隆: 你这个刘墉,到现在还是这么滑头!我虽然是国家的元首,但我也是俗人呐。我承认喜欢和珅,也喜欢福康安,对他们很宠幸,没想到和珅那么贪婪,竟然成为中华五千年历史里有名的贪官,让我很是懊悔啊。

雍正: 弘历,为父当初是怎么教育你的?你竟然培养出了著名的贪

大家都要活得体面，看开点，用平常心去对待一切。不论挺哪个岗位，都要对得起自己的良心。

官,你也将和和珅一样遗臭万年！在这么昏暗和偏心眼的环境下,大家怎么工作？不是人人都像刘墉这么深谙世故！那些有才而不善于交际的人才,必将被你和你的宠臣浪费掉！

乾隆：父皇息怒,息怒。事已至此,我后悔已晚,历史不能假设啊。

毕东坡：历史不能假设,与其计较过去,不如吸取经验的好啊。请二位皇帝少安勿躁。

光绪：刘墉,我给你一个满分！

嘉庆：我更应该给刘墉一个满分了！

个人小传

　　刘墉（1719年—1804年）,字崇如,号石庵,另有青原、香岩、东武、穆庵、溟华、日观峰道人等字号,清代书画家、政治家。山东省高密县逄戈庄人（原属诸城）,祖籍江苏徐州丰县。乾隆十六年（1751年）进士,刘统勋子。官至内阁大学士,为官清廉,有乃父刘统勋之风。刘墉的传世书法作品以行书为多。嘉庆九年（1804年）十二月二十五日卒于京。谥文清。乾隆四十八年（1783年）五月以工部尚书署理20天。

刘峨
和盗匪"缠绵"

大家好，我是刘峨，山东人，任职直隶总督六年半。

我只有一个话题和大家说，那就是：平盗匪。

我的一生几乎都是和盗匪在"缠绵"。我没有通过科举取士，而是花钱买了一个知县的名额，乾隆二十三年（1758年）被选派为直隶省曲阳知县，后调到北京丰台宛平。宛平卢沟桥附近有叛逆的团伙，他们经常抢劫过路客商的钱财，以致卢沟桥一带人心惶惶，社会治安很差。我带人经过侦查后将这批人一网打尽。另有许多盗匪经常在矿山地区藏匿，这些地区远离官府审查，还能糊口谋生，成为了盗匪避祸的好去处。我派人将这些盗匪的党羽分散开来，将之逐一捉拿归案。乾隆四十八年（1783年），我升任直隶总督。

直隶总督直接面临着管辖爱新觉罗这些"黄带子"们，还有就是诸多京官贵戚，其中的关系纠葛很复杂。我一上任就遇到了一个皇室案：圣祖康熙皇九子的儿子辅国公弘晸派遣家奴到天津静海私自吞占官家田地，以图私利。我获悉后，一看这是皇帝本家的硬骨头，便将这个事情禀报皇帝。乾隆皇帝命我凡是王公以下的，不论是谁，只要是违规干涉地方事务的案件一律上报朝廷。有了皇帝的支持,我便可以大胆地去处理直隶省的事务。

乾隆五十一年（1786年）,广平段文经、元城徐克展作乱,他们趁着夜色闯入了大名府,杀死了道台熊恩绂。我带人抓捕了王国桂等小头目。据他们交代,他们是练习八卦教的团伙,在段文经、徐克展的带领下开始反叛作乱。可是,这两个匪首逃逸他乡,我长时间抓捕不到。后来,河南巡抚毕沅奏报在亳州抓捕了徐克展,并将其扭送京城,而段文经却一直不见踪迹。在这期间,山东学政刘权之带着亲属在路上遇到了匪徒袭击。乾隆皇帝大怒,因为直隶境内匪徒猖獗,罚我夺官留任。

乾隆五十五年（1790年）,巡城御史抓捕了一批盗匪,这些盗匪交代曾劫掠钱铺,同伙里面有直隶省保定府清苑县二年未决疑案的嫌疑人,朝廷下旨将清苑知县送到刑部审讯,我被连带责罚办案不力。还有其他很多案件,我就不在这里啰唆了。

这就是我的一生,和盗匪打了一辈子的交道,因盗匪而升降。个人荣辱无所谓,主要是平息盗匪,能给老百姓做主,给老百姓一个太平的环境,我觉得很值得。

谢谢!

光绪: 刘峨和盗匪打了一辈子的交道,我也和"盗匪"打了一辈子的交道,只不过有内盗和外盗之别。你刘峨幸福,因为你给了老百姓幸福,而我呢? 我是不幸福的,我很羡慕你。为你成功地和盗匪打交道的一生,我给你一个满分!

个人小传

　　刘峨(1723年—1795年),字先资,号宜轩,山东单县人。入赀授知县。乾隆二十三年(1758年),选直隶曲阳知县。调宛平。乾隆四十八年(1783年)五月由广西巡抚迁,五十五年二月离任。任期六年零六个月。

四十以后始人生

大家好，我叫梁肯堂，任职直隶总督八年。

我比刘墉入仕还要晚，不过我们都活到了接近90的高龄，感谢长寿啊。没有好身体，你根本就等不到这些高位！所以，在我们这个时期为官，不光要有才、圆滑，还要能长寿。养身比学问更为重要。

▌教书匠的出身▐

我小时候家里穷，为了养活家人，我到处当老师打工挣钱。一直到37岁，我才到了京城，参加了考试，成为举人，然后才补为知县，开始了自己的仕途。近40年的底层生活磨炼，让我越来越坚强，也让我在官场上步步稳扎稳打，老练成熟许多。

▌四十以后始人生▐

严嵩是60以后始人生，我是40，也许这个比喻不恰当，同僚们不要笑话我，娱乐一下而已。乾隆二十一年（1756年），我乡试中举后，补直隶栾程县知县，总督杨廷璋说我"贤能之声久达天聪，又能宽猛相济"而举荐我。我便升任保定府知府，随后升清河道、直隶按察使、直隶布政使，乾隆五十六年（1791年）任直隶总督，在直隶总督任上干了八年！

担任直隶总督的时候我已经75岁了，但我忘记了年龄，忘记了自己也缺钙、也要腰酸腿疼，我没那么娇气！我到天津宝坻视察正遇上大水，民房倒塌无数，百姓们风餐露宿，非常悲惨，我马上组织船只满载粮食开始大范围赈灾，及时救活了很多百姓。一旦遇上洪水，我总是带领官员冲到第一线，如果连百姓都保护不了，我们还做什么官！没了百姓，我们这些官还能去管谁？对于赈灾款我严格把关，我办理过五次赈灾，支度银两六百万，全部用于赈灾，如有官员贪污，就算是一两，我也严惩不贷！我这把老骨头了还能得到朝廷如此重用，死了也值！

匆匆八十载，宦海四十年。人生的一半是积累，一半是发挥。好运晚点来没关系，因为咱比别人长寿，别人早就油尽灯枯的时候，我们风采依旧，而且是最后的主角！赢在最后才叫赢！

谢谢！

雍正：通达世故才能做好父母官，做官不只是称呼，你的官位里面有沉甸甸的压力呢。

梁肯堂(1717年—1801年),字构亭,号春淙,一字石幢,号晚香。梁肯堂自小家贫,读书刻苦。21岁,补博士弟子员。次年,中副榜。为维持一家生计,往来吴楚间做塾师。37岁,去京都。乾隆二十一年(1756年),顺天乡士中举。乾隆五十五年(1790年)二月由河南巡抚迁。嘉庆三年(1798年)正月改刑部尚书。任期八年。

胡季堂
扳倒和珅的就是我

大家好，我叫胡季堂，河南人。我一辈子都在做针对人的事情，扳倒坏人，举荐好人。

我是在嘉庆三年（1798年）被提拔为直隶总督的，那个时候太上皇乾隆还健在，和珅依仗着太上皇这根救命的稻草还在苟延残喘，殊不知灭顶的狂风暴雨即将上演，要和他这个亘古少有的大贪官总清算了！我多年来一直等待着这个机会，特别是在担任户部尚书三年多的时间里收集了大量的证据，就是为了在关键时候给和珅狠狠地踹上一脚，把这个祸国殃民的人踹到监狱的大网兜里。

太上皇归天后，御史广兴和大学士刘墉上书弹劾和珅罪状，皇帝下令逮捕和珅。可是，要想把和珅扳倒光靠这样显然是不够的，还需要一些致命的罪状才行。于是，我多年积攒的资料就派上了用场。我站出来弹劾和珅，罗列其罪状20条！而这其中最厉害的一条就是"逾制"。和珅在老家城外的祖坟上按照皇帝陵墓形制修建了石门楼，门前开隧道，门内修正房5间称为享殿，东西厢房各5间称配殿，正门称宫门，四周有围墙200丈，墙西有房屋219间，墙外还设有巡逻防守用的"堆拨"，当地人称为"和陵"。按清律规定,亲王的基地围墙不得超过百丈,和珅比规定多了一倍。另外不许仿效皇陵修享殿、宫门等建筑,如逾越制度,就得判处极刑。

和珅被法办、抄家,查抄的和珅家产折合白银约10亿两,其中抄出赤金84000两,银元宝55000多个,窖藏白银100万两,珠宝玉器、古玩,绸缎、皮张值银近千万两。查抄和珅的家人呼什图时,在其文安家中抄出杂粮11000多石。当时文安、大城两地水灾,百姓口粮、种子奇缺,嘉庆皇帝下旨用这些粮食赈济灾民。用查抄的和珅家产这笔惊人的财富,弥补了清政府国库的空虚。能遇上和珅这样千年一出的巨贪,我觉得"很荣幸",就像打猎一样,这么肥的猎物,肯定要瞄准了,使劲地射击!

我主持部务,晨起整理案卷至晚饭止,"执卷如诸生,撰古今任子录以自勉。集诸史列传为之论赞,好杜氏通典、司马氏通鉴,故遇大事有断制。"对人既看其长,又知其短,识其才,用其长。知人善用,不偏听、偏信。凡经我举荐的人,都名噪一时。这不是自夸,我确实做到了能提拔优秀的人,能期待着优秀的人成长。我觉得这是很开心的事情,也是很伟大的事情。

谢谢!

乾隆:都说和珅这样那样的,唉,我当初就是觉得和珅特别像那个因我而死的妃子,他的脖子上也有朱砂记号,就把那份感情转移到他的身上了。看来是我的多情害了大家啊。

(雍正怒不可遏,吓得乾隆缩在一边,不敢正视。)

刘墉:乾隆皇帝的偏心眼啊,害了多少人,你知道吗?作为君王,喜好是要慎重考虑的。如果没有和珅,胡季堂以及更多的大人会给朝廷推

我一辈子都在跟针对人的事情，扳倒坏人，举荐好人。

荐更多的贤臣呐。唉!

　　雍正：不说这些丧气的了。我给胡季堂加一个满分!

　　嘉庆：我跟着,加一个!

个人小传

　　胡季堂（1729 年—1800 年）,字升夫,号云坡,光山人。系胡煦之幼子,七岁丧母,由长嫂甘氏抚养长大。荫生,授顺天通判,官至直隶总督,加太子太保。赠太子太傅,谥庄敏。有《培荫轩诗集》。嘉庆三年（1798 年）正月以刑部尚书授,嘉庆五年（1800 年）十月病免。任期两年零九个月。

颜检
晚年遭遇"熊市"

大家好！我叫颜检，我的官运就像股票走势一样，起伏很大，最糟糕的是晚年竟然进入了"熊市"，从此一蹶不振。

我三次担任直隶总督，共计四年零四个月。下面我就说说自己人生的最大感悟吧。

▌精彩的十天▐

我第一次署理直隶总督只有十天，但这十天我做了以下几件事情。其一，东明县民李车，因奸砍伤七岁幼童，我从重拟文处以绞刑。其二，永年县民梁自新勒死继妻和儿媳一案，经查系因继妻虐待梁自新前妻所生之子梁有幅，纵容儿媳与人通奸，并同谋将梁有幅毒死，梁自新盛怒之下，将继妻和儿媳杀死，属事出有因，死者为过错方，我从轻拟文处以杖责流放。两案文书呈送皇上，均受到嘉庆帝称许，特旨依议，并减少了梁自新杖责的数量和流放的年限。其三，原先直隶省提高民众租种旗地的租银，但多年收不上来，积欠已达 13 万两，以前的总督胡季堂、汪承霈，多次研究都没有找到好的解决办法，我上书请朝廷恢复民众租种旗地的租银原额，以解除民众压力，嘉庆帝批准了我的奏本，并减免了所有的积欠。

听信下属的蒙骗

在奏报《直隶各州县蝗害稼折》中，我听信下属的言辞，未加详查就说三河、昌黎、乐亭三县并无蝗蝻，其余遵化、丰润、玉田、滦州、卢龙、迁安、临榆等州县，间有飞蝗过境，并未伤及禾稼。这封奏折当即受到嘉庆皇帝的诘驳和申斥。

嘉庆九年（1804年）七月，直隶保定府所属束鹿县县民王洪中与张姓老父看别人打架时被伤，上诉到公堂，我没有亲自审理，承审官偏听偏信反而惩罚了王洪中，王洪中愤而自缢。此案经刑部再审弄清了原委，皇帝下诏斥责我对这宗重案不够重视，下部议革职，改留任。此后又因其他案件，我多次受到皇上盘问责备，我也都上书表示诚恳接受批评。

心慈手软害了自己

嘉庆十年（1805年）六月，易州（今河北省易县）知州陈渼亏空库银十多万两被发现，我因对此案查办不力自请严处，本应降级，但是这个时候我已经被革职，没有官级可降，朝廷便施恩赏了我一个主事的官衔，去给皇帝修墓。后来，永定河北堤决堤，皇帝命我捐钱修堤。

当年秋天，刑部统一审核各省案件量刑情况，直隶省有14起案件由我量刑为缓期执行，刑部认为量刑太过宽松，改为立即执行。我因为心慈手软，量刑过宽被革去了赏给不久的主事官衔，继续在永定河工地干活。

永定河河堤工程竣工后,朝廷赏给我五品官衔,到邢台南河县任职。嘉庆十一年(1806年),直隶省发现有官吏伙同下属贪污公款,这些官员犯案又牵扯到了我,我因失察罪被发放乌鲁木齐赎罪。

我有丰富的知识,也不怕吃苦,可就是缺乏职场从业的基本技巧,也没有统御下属的能力。我虽然内心坚持为民,但好多对自己不利的事情发生了,却无以挽回。封疆大吏被贬到边陲蛮荒之地,从此就再也没有振作起来,虽然有几次巡抚位置的反弹,但也都是昙花一现,我老实的性格害了我自己。

谢谢大家。

雍正:老实不是不对,是你缺乏做事情的决心和刚毅,不必事事躬亲,但是你得看重节奏,把握进度,一切都是你自己导致的。

道光:你的行为,有时候我也感觉纳闷,审案子的事情是很严肃的,你处理得却很潦草,这就是工作态度不认真。没办法提你,也不可能提你! 不过,还是按照一品大员的规格给你下葬的,直隶总督毕竟是你简历上辉煌的荣耀。

　　颜检（1757年—1832年），字惺甫，号岱山，又号岱云，别号槎客，广东连平县元善镇人。乾隆二十二年（1757年）生于山东泰安，巡抚颜希深子，拔贡生出身。乾隆四十二年（1777年），颜检以拔贡生朝考入选一等，初授礼部七品小京官，再升仪制司员外郎、御前校射。此后连丁母忧、父忧，12年后才升任主事。乾隆五十八年（1793年），颜检出任江西吉安知府。嘉庆四年（1799年）调任直隶布政使。嘉庆五年十月以直隶布政使护理直隶总督。护理十天。嘉庆七年六月以河南巡抚署理，九月实授。十年六月降调。任期三年。道光二年（1822年）正月以福建巡抚迁。三年四月召回京城。任期一年零四个月。

姜晟
功成苗疆，但难逃连带之祸

各位评委大家好，同僚们大家好！

我说两个话题：一，功成苗疆；二，难逃连带。

功成苗疆

苗疆指的是中国西南部的地方，包括云南、四川、贵州、湖南、重庆、广西等各省市地区。这些地方在清代时期多是少数民族聚居的地方，还有不少有割据实力的土司势力，虽然实行了"改土归流"政策，但是也不能从根本上缓解社会矛盾，是叛乱、民变的高发地。乾隆五十九年（1794年），湖南、贵州的苗民在石三堡、石柳邓、吴半生等人的率领下起义。朝廷先后派云贵总督福康安、四川总督和琳等出兵镇压，我也作为平乱的官员一同前往。因为不熟悉地形，我们虽然装备胜过苗民，也难以避免败绩。福康安、和琳急于邀功却弄巧成拙，福康安被苗民杀死。后经过持久的战争我方才取得胜利。因为平定苗疆，乾隆皇帝总结自己为"十全老人"，大为开心，我也跟着这份荣光不断升迁。

▎难逃连带 ▎

乾隆五十三年（1788年），荆州江江堤崩溃，皇帝命大学士阿桂前来核查，核定我未能及时疏通荆州江上游泥沙。我又连坐下属贪污淮盐案，被夺掉了顶戴。嘉庆四年（1799年），和珅下狱，我下属一个布政使曾投靠和珅，贪污腐败，我又连坐了失察之责，降职为四品。

官场、职场、仕途，不管说什么吧，我觉得运气的成分很大，遇什么人，做什么事，享什么福，遭什么殃，都有运气的成分。不过，不论境遇如何，都不要变节，不要投靠那些小人和贪婪的人，那样的话，你就连翻身的机会都没了。

谢谢。

嘉庆：姜晟的态度有点抱怨的意思呀，你说的"连带"其实就是机遇，这是管理者给的，也是你自己遇的，这也许就是人们说的造化吧。比如，前面有的总督就有犯事儿被革职的，往往都有五年或八年的观察期。如果这时突然出来一个机遇，他们就能因为朝廷的需要而跳出这个"观察期"，重新获得好的机会。因人而异啊！

毕东坡：嘉庆皇帝说得好！因人而异，因时而异，珍惜你身边的，你就是最幸运的！

个人小传

姜晟（？—1806年），字光宇。江苏元和人，乾隆三十一年（1766年）进士，授刑部主事，累迁郎中。擢光禄寺少卿，转太仆寺，仍兼刑部行走。四十四年，出为江西按察使。逾年，超擢刑部侍郎，屡命赴各省按事谳狱。三月，赴镇箪查缉边备，并抚难民，上以辰州要冲，命仍回驻。首逆吴半生就获，予优叙。嘉庆五年（1800年）十月由湖广总督调任，六年六月革职。任期八个月。

熊枚
司书假印舞弊案

大家好！我是熊枚，江西人。

我想说说影响巨大的一个案子：直隶司书王丽南假印舞弊案。

府库亏空，这是官衙一不小心就会出现的问题。我担任直隶总督期间这个问题就摆到了眼前，直隶省就有这样的问题，而且不止一任，追查下去会发现这个问题真是惊天动地。全国各直省府库亏空的原因，除了官侵之外，还有另一重要原因，即书吏或官、吏勾结侵蚀国库。书吏替督抚办理具体的政务，特别是管理府库，时间长了便滋生了许多问题，我一到任就发生了假印舞弊案。

嘉庆十一年（1806 年）八月，直隶布政使庆格向我奏报衙署司书有私自雕刻假印的行为。司书是衙署内负责财务核算以及文书档案管理工作的行政要员，相当于如今的财务总监兼行政总监。一个公司如果财务和行政部门联合造假、刻假章、造假账，那这个公司就完蛋了，何况直隶总督署衙门呢！直隶总督衙门管理直隶、山东、河南的军民政务，如果出现这样的舞弊行为，那将给辖内政务民务带来不可估量的负面影响。我非常重视布政使的奏报，并开始着手揭开这个黑幕。

这下令对总督署财务进行核查,司书王丽南支支吾吾,府库账目居然成了积年的糊涂账！我们将府库全部财务账目调阅审查发现,历年收粮及火耗银两等都有虚收情况,经这些虚收情况再与地方府衙账务核实后,大量假印帖改的情况便浮出水面。汇总结果是直隶省府库虚收定州等十九州县28万两,同时搜出假印两颗,司书王丽南等人停职入狱等候审讯。我将直隶总督府衙的这些情况上报给了嘉庆皇帝。皇帝非常震惊,立即派遣协办大学士费淳、尚书长麟等组成的核查小组对此进行专项立案核查。

朝廷"司书王丽南舞弊调查组"经过一个月的取证审讯,缉拿涉案官员11名。这些官员都是直隶辖内知州、知县的一把手,他们与司书勾结,虚收需抵、重领冒支,私自侵占国库白银31万两。司书们在这个环节里收取业务提成,每作弊一万两,司书们提成为2000两到3000两不等。皇帝下旨,现职涉案的官员全部免职入狱审讯论罪,调任他处的涉案官员全部免职抓捕归案,退休病故的涉案官员全部抄家,对这些涉案官员的子孙有捐纳官职的也统统革职。

调查小组的工作告一段落后,嘉庆皇帝开始追究历任直隶总督的失察罪责。经查,原总督颜检失察虚收白银208000余两,为数最多;原总督胡季堂失察虚收白银62000余两;原总督梁肯堂失察虚收白银22000千余两;原总督陈大文失察虚收白银7000余两;我失察虚收白银2600余两;原总督姜晟失察虚收白银1500余两。我们这些总督们该赔钱赔钱该降职降职,我被降职为四品顺天府丞,很不幸地被"直隶总督"这个烫手山芋给害了一把。

以上就是这个案件的经过,而这个案件引发的就是一个当时普遍的问题:亏空。嘉庆皇帝制订的"徐徐办理","次第清厘","缓缓归款"

方针,在清理亏空积欠中的错误导向作用是毋庸置疑的。

作为参与其中的直隶总督,我无可非议地承担自己的失职责任,但这个问题,真正暴露出了严重的隐患,直隶如此,那其他地方呢?

谢谢大家!

雍正: 我一即位就抓耗欠归公的工作,没想到你们到后来竟然做成这样!什么叫徐徐办理?什么叫缓缓归款?简直就是放屁!荒谬之极!

乾隆: 颙琰怎么这般糊涂!你的性格应该很刚猛,怎么这么丢三落四、不利落呢!

嘉庆: 大家息怒,我当时的想法错了,感觉扳倒了和珅,国库稍微充盈,地方上的亏空可以慢慢地催缴,不想过于严厉。没想到里面的问题这么大。

(嘉庆不停地擦汗,显然桌上的面巾纸不够用,秘书处专程给他递上两块毛巾备用。)

乾隆: 颙琰罚款 10000 两,交与秘书处!

司书假印舞弊案的出现，真正暴露出了严重的问题，真隶尚且如此腐败，其他地方呢？

我大清，一言难尽呐

　　熊枚（？—1808年），字存甫，铅山县人。乾隆三十六年(1771年)进士，授刑部主事。四十四年，充顺天乡试同考官，次年升刑部员外郎。四十六年拣发甘肃，任平凉府知府。此后先后任河南汝宁府知府、直隶顺德府知府。嘉庆二年(1797年)，调安徽布政使，同年九月，任刑部右侍郎，四年转左侍郎。六年，直隶大水，直隶总督因为报灾迟缓而治罪，命其署理总督事。先后考察90余县遭受水灾情景，拨银急赈，并提出天津北仓离灾民太远，建议在郑家口和泊头等处建立分仓。又提出赈务事宜等，皆得准行。七年，充会试正考官，尚未结束考试，即命署直隶总督。此后又任刑部尚书、工部尚书等。11年后，逐渐因为年迈办事不力，调补左都御史。后又屡屡降职，或以四品京堂用，或补顺天府府丞，或充顺天乡试提调官，最后以年已衰老，恩赏五品职衔致仕，卒于家。

陈大文
笑脸铁心震群僚

大家好！我是陈大文，河南杞县人，我一生得罪了不少人，对于为官之道我没那么圆滑，只知道衷心为国，无愧于自己的顶戴花翎。

我说两个方面，一个是上级针对性地培养我，一个是笑脸铁心震群僚。

▌培养下属的朱老师▐

我的上级总督朱珪就是我说的"朱老师"。朱老师了解我的脾气：孤傲固执，不讲情面，不懂得什么叫圆滑和妥协。其实，这种脾气的下属，没人喜欢，这种脾气的上级，也没人待见。要放到别人那里，肯定早就把我"处理"了，免得看着不舒服、听着不顺耳、用着不放心。而朱老师不是这样的，他针对我的脾气，制订了培养方向，在他的眼里我就是朝廷需要的"直谏之臣"，也是"酷吏"，还给皇帝写关于我的推荐信。如果没有朱老师的保护、赏识、培养，也不会有我官居一品的未来，更不会有皇帝对我的礼遇和厚爱。我在这里向朱老师说声谢谢！

▌笑脸铁心震群僚▐

我一生最恨的人就是混的人,拿着国家的俸禄,占着管理者的位置,嘻嘻哈哈,松松垮垮,混你没商量,哄你没商量,这些混蛋,在我这里全部滚蛋!我每次听下属汇报,总是面带笑容认真地听着,听完汇报后就用严厉的话语责令他们去执行到位。我盯着这些下属,一个个地考核,"拿着鞭子抽",弹劾的奏章我随时写,每个下属的行为我认真记。不论在直隶总督任上,还是在两江总督任上,我都是这么做的。得罪了很多人,我知道很多人恨我,但我不在意。告诉你们,我自己认为自己做得对,至少我自己不恨我自己,我觉得相当的舒坦!

谢谢!

嘉庆: 说得好!朝廷就是需要你这样的直臣。一团和气,那是虚的,吵吵嚷嚷反而才能干好工作。

乾隆: 可惜啊,我就喜欢听甜言蜜语,我喜欢"软语言"。可是,现在掉过头去看自己,我很恨自己。

雍正: 志向决定行为,坚韧方能到底,恍惚不定,奸人煽风点火,难以做成大事。幸亏有我在弘历和圣祖仁皇帝之间过渡一下,要不然就凭你弘历这样的性格,那还不遭了殃?还谈什么康乾盛世?

乾隆: 父皇说的是,说的是啊。只有掉过头来看自己才明白,才看清!其实,现代电视剧里的我还是不错的,真实的我比电视上的形象混蛋多了。感谢那些傻编剧和导演了!

毕东坡: 可惜人生没有安排更多的"回头戏",我们只能一直往前看,下一位。

雍正：我补充一句,给陈大文一个满分!

嘉庆：我也给一个。

个人小传

陈大文（？—1815年）,河南杞县人,原籍浙江会稽。乾隆三十七年（1772年）进士,授吏部主事。典广东乡试,累迁郎中。四十八年,出为广西南宁知府,擢云南迤东道。历贵州、安徽按察使,江宁布政使,皆有声。

嘉庆二年（1797年）,擢巡抚。海盗方炽,大文以运盐为名,集商船载乡勇出洋,击沉盗船六,斩获二百余人,赐花翎;属县不职者,列案劾治。诏嘉其捕盗察吏皆有实心,予议叙。寻兼署总督。四年,调山东巡抚。

六年,畿辅大水。大文服将阕,特召署直隶总督。九年,召授左都御史,未至,擢兵部尚书。大文赴京,病于途,诏遣侍卫率医往视,久不瘥,赐尚书衔回籍。既而因在直隶失察属吏侵挪,部议革职,诏俟病瘥以四品京堂用,遂不出。二十年,卒于家。

吴熊光

职场拦路虎？怕什么！

大家好,我是吴熊光,吴君如的吴,泰迪熊的熊,光良的光。

我和大家分享三个方面:金子不怕职场拦路虎;示弱外侵遭责罚;坟堆、粪船。

▎金子不怕职场拦路虎 ▎

乾隆爷到热河的时候,召见我,准备提拔我为军机大臣,可和珅这个混蛋说我级别低,才五品不符合提拔的标准,他推荐了自己的四品官亲信,还嫌我碍事,弄我到直隶做布政使。值得高兴的是,和珅这个混蛋不久就倒台了,我不久就成为湖广总督。

后来,侍郎初彭龄、高杞弹劾我收受贿赂什么的,这不是闲着没事乱扣屎盆子吗?本来没有的事情,肯定是经不住时间考验的,我没事,那两个糊涂蛋却进了监狱。

你说这些"奸人"都图什么呢,我百思不得其解。拦阻能人升迁,搬弄是非诬陷清白的人,干坏事不脸红,明明知道是缺德事,他们还干! 真是一帮神经病！只要我们是金子,在职场上就不怕这些拦路虎,总有一天我们能迎来属于自己的机遇!

示弱外侵遭责罚

嘉庆十三年（1808年）八月,英国十三艘兵船擅自停靠在香山,并且有三百英国兵进入了澳门,占了炮台,兵舰开进了黄浦江。我认为英国人的目的在于贸易方便,况且他们的军费来自于贸易商税,只要采取封关的措施就可以将其制服。如果轻易出兵,英国船坚炮利,我们不是人家的对手,还会让东南沿海的老百姓深受其害。我的这种观点缺乏国家主权意识,被外国入侵了国土都不抵抗,只算计着一些损失而丧失了民族大义。朝廷获悉后,下旨责罚我。面对国家民族大义,真的应该扔掉那些所谓的损失,国家的领土神圣不可侵犯,这和武器装备强弱没有关系,不能有那种投降的心理!

坟堆、粪船

我啊,学着明朝王云凤的"哭穷"来保护地方,阻止不知老百姓难处的皇帝胡乱地"南巡"。皇帝本人也很矛盾,一方面需要有些灾害来表现自己的恩德、施政能力,一方面又希望处处繁荣,以表现自己的丰功伟绩。如果每天听着繁荣太平之词,这些爱玩乐的爱新觉罗氏肯定又要南巡了,这可不是天下之福,那比旱灾和水灾还要严重。

我对嘉庆皇帝说:虎丘不过是一个坟堆而已,苏州的河流里挤满粪船,哪有什么好风景啊! 我说的虽然有些夸张,但事实的本质不就是这样吗？纯自然的风景才叫风景，人造的风景都是虚伪的,都会沾着"粪"气。我又和嘉庆皇帝说：先帝乾隆曾说他最后悔的就是六次南巡,劳民伤财,他不希望继任者再次南巡了。这样才阻止了更多不必要的"人灾"。

我奉劝大家多哭穷,不论是为官,还是为商,夸富就是灾难,不信你可以试试。

谢谢!

（乾隆听到述职里说他"六次南巡",不敢面对雍正,把脑袋藏到了桌子下面。）

雍正：藏什么! 你以为你是鸵鸟啊? 六次南巡! 你真是个败家子! 自私鬼! 你哪怕南巡一次,让后任的六个也都去一次,了解了解民情啊! 你可倒好,一下就把子孙的好处全霸占了,自私鬼! 还什么十全皇帝呢? 真不要脸! 我都为有你这样的儿子而感到耻辱!

嘉庆：感谢吴熊光,要不然我会酿成大错,我们锦衣玉食地长大,哪能体会到百姓的疾苦啊! 你说爱新觉罗氏爱玩,这个我承认,这算是"懂生活"吧。本来嘛,生活富足,玩是应该的,不然没事干啥,是吧? 现在的有钱人不也是如此吗? 麻将人生、邮轮人生、包机人生、旅游人生,就这些,因为他没事也没自己的理想和追求,只能玩了。

雍正：为了这些不争气的八旗子弟,为了这个败家的儿子,我自愿罚款 10000 两,唉! 子贪玩父之过啊。

乾隆：不,不,不,我掏,我掏,我知道父皇没什么钱的,我掏吧,我自愿掏 20000 两以赎罪,以自我检查。

毕东坡：乾隆捐款 20000 两! 雍正捐款 10000 两! 秘书处记上,收着!

乾隆：等等,不对啊,是我捐,不是我父皇捐,这 10000 两算在我这边……

毕东坡：乾隆再捐 10000 两！

乾隆：你们怎么这样？真不要脸！

毕东坡：君无戏言，你们这些皇帝啊，别提钱，我敏感，知道不？不要脸呀，都是和你们学的！呵呵。继续。

个人小传

吴熊光（1750 年—1833 年），字槐江，江苏苏州人，高宗幸热河，夜宣军机大臣，未至，命召章京，熊光入对称旨，欲擢任军机大臣。和珅称熊光官五品，不符体制，因荐学士戴衢亨，官四品，在军机处，用熊光不如用衢亨，诏同加三品卿衔入直。居政府六阅月，和珅忌之，出为直隶布政使。嘉庆四年（1799 年），高宗崩，仁宗亲政，和珅伏诛。熊光言和珅管理各部日久，多变旧章以营私，大憝虽除，猾吏仍可因缘为奸，亟宜更正，上韪之。擢河南巡抚。

十年，调直隶。时两广总督那彦成与湖广总督臣百龄互讦，命偕侍郎托津赴湖北按之。百龄被讦，事有迹。方鞫治，未定谳，那彦成亦以倡抚洋盗逮京，调熊光两广总督。会直隶官吏勾通侵帑事发，历任总督藩司俱获谴。上以熊光任藩司无虚收，任总督无失察，特诏嘉之。

裴行简
直隶的银子问题

大家好,我是裴行简,另外一个叫"行简"的是白居易的弟弟,可惜呀,俺哥不叫"居易"。我是由兵部侍郎的身份署理直隶总督的。下面我和大家聊两个方面的话题。

▍"皇姑"光环照耀我 ▍

俺娘熊氏,可不是股市里的"熊市"啊,她在俺爹罪陷刑部的时候,千里迢迢到京城直面皇帝,这个壮举引起了太后的关注,当下认俺娘为"义女",人称"皇姑"。都说儿子随母,俺觉得自己不管是长相还是性格,都特像俺娘。有了这层不同一般的"皇亲"关系,我不用参加科举就被皇帝赏赐了个举人的功名,并以内阁中书的职务在中央核心部门实习锻炼,以很高的起点开始了自己的仕途之路。

▎亏空是个大问题 ▎

直隶亏空的问题在我的前后几任里都是很头大的事情,针对这个方面,我认真地向皇帝分析了一下:

"自乾隆十五年(1750年)到三十年(1765年),皇帝四次南巡、两次临幸五台山,共六次公差,不论出巡还是回鸾都要经过保定,府衙开销巨大! 乾隆四十五年(1780年)到五十七年(1782年),皇帝两次南巡、三次临幸五台山,又有五次公差。经过这前后十一次皇差,直隶省府衙的亏空就成了不可能填满的大窟窿。

为了补上府衙的这些亏空,直隶省各级府衙的每一任都在想办法'补窟窿'。最常见的就是以'皇差'为由巧立名目增加税赋,一部分用以补窟窿,一部分用于贿赂上司扩大交际,基本上这些银子的花销都不在'皇差'上,大家心知肚明谁也不会告发。只要不加审查,下面就能将这种污浊之风最大化,相互攀比,不可控制。你们可以问问州县的官员们,他们捐官打点的钱难道是自己腰包里的吗? 吃吃喝喝、铺张浪费的难道花的是自己的薪水?

现在直隶省各级官府的亏空通过税收调节无法实现,因为现时的税收还不够冲抵各项繁多的杂役开销。如果让现任的官员补齐亏空,必将逼迫他们变卖田地倾家荡产,再加上这些亏空里有前几任的责任,现任官员怎么会愿意承担呢? 就是承担了,肯定也是动用公家的款项,这样就导致前面的债务未清后面的亏空又来,不可取。

我建议朝廷再给一年期限,对官员财产进行核实,如果确实已经倾家荡产了,便不要逼迫官员们自己补齐,将亏空的数额按照级别进行摊派,总督署备案督查,严加追缴。"

以上是我呈递给嘉庆皇帝的关于直隶亏空的奏章。因为我里面的一些观点正好符合皇帝的想法,就以兵部侍郎署理直隶,严查关于直隶的亏空问题,也就牵扯出来熊枚总督所说的"王丽南私刻印章舞弊案",一系列直隶总督及官员的银子问题全曝光了。当然,这里面也包括我在内,因为我的任期内也存在虚收,面对那样的环境,你不可能实收的,往年的烂账一大堆,这个大窟窿没法补啊。

　　谢谢!

　　嘉庆:裘行简是个好同志,除了他说的这些,他还是一位很会做军队思想工作的政委人才,他曾化解了与额勒登保将军的矛盾,演绎了一次"将相和",能文能武,灵活面对问题,工作能力很强。我给个满分吧!包括你的父亲裘曰修尚书,都是非常好的臣子,大清朝感谢你们。

　　毕东坡:这个评价很高啊。按照你自己的品格去执著地做下去,一切的结果都是公平的。

个人小传

裘行简（？—1806年），字敬之，江西新建人，尚书裘曰修子。乾隆四十年（1775年），赐举人，授内阁中书，充军机章京，迁侍读。四十九年，从大学士阿桂剿甘肃石峰堡回匪，复从察治河南睢州河工。五十年，出为山西宁武知府，调平阳，因亲老，自请改京秩，补户部员外郎，仍直军机。累迁太仆寺少卿。

以兵部侍郎衔署直隶总督。十一年，察出藩司书吏假印虚收解款二十八万有奇，遣使按讯，历任总督、布政使议谴有差。行简任内虚收之数少，诏以事由行简立法清查，始得发觉，宽之。是年秋，赴永定河勘工，途次感疾，卒。上深惜之，优诏赐恤依一品例，谥恭勤，赐子元善举人。

剿匪持久战，身败敏学事件

大家好，我是秦承恩，江苏人，以刑部尚书署理了半个月的直隶总督。我就和大家说两个话题，那就是剿匪持久战和敏学事件。

▌剿匪持久战▐

从乾隆五十九年（1794 年）到嘉庆二十年（1815 年），全国各地农民起义、白莲教起义、天理教起义等不断发生，其中天理教起义居然在太监的接应下冲进了皇宫！可以说，嘉庆登基初年，也就是乾隆没死的时候，天下就开始晃动了。我、额勒登保等主要交涉的就是白莲教。嘉庆元年（1796 年），川楚陕边境地区爆发了白莲教起义，后波及川、楚、陕、豫、甘等省，历时九载。白莲教起义军在历时 9 年多的战斗中，占据或攻破州县达 204 个，抗击了政府从 16 个省征调来的大批军队，朝廷政府耗费军费 2 亿两，相当于 4 年的财政收入。这次起义使朝廷元气大伤。

我和总督宜绵会剿教匪，斩杀了头目刘氏，这之后又和惠龄、恒瑞配合剿灭其他教匪，但是张汉潮这个势力我们却无法肃清，因此朝廷将我免职,回京汇报工作。教匪的剿灭成了一个持久战,令所有督抚们头疼。

▌敏学事件 ▌

当初,我曾经投靠过和珅,但和珅倒了我没有跟着倒霉,嘉庆皇帝还是启用了我。剿匪不力被免职我也相信会东山再起。从嘉庆四年(1799年)被免职后我隐忍了7年,嘉庆十一年(1806年)被启用为刑部尚书并署理直隶总督。

这个时候,京城的"黄带子"经常犯事儿,步军统领院门直接将此情况上报给了嘉庆皇帝,嘉庆皇帝让我来处理"黄带子"的案子。"黄带子"原来是指皇帝和宗室专用的黄色腰带,即爱新觉罗家族的专用腰带,后来"黄带子"演变成了宗室的俗称。我署理直隶总督的时候,"黄带子"敏学在街上和家丁一起殴打卖烤地瓜的,引起了强烈的社会问题。敏学仗着"黄带子"的身份不可一世,嘉庆皇帝命我来处理这个案子。

"黄带子"敏学代表着宗室,是自入关以来一直享受朝廷俸禄的特权阶级,他们生来就不用劳作、不用上班、国家养着、好逸恶劳、无所事事,老百姓遇到"黄带子"大多都敬而远之,被他们欺负也是敢怒而不敢言。我接手这个案子后如坐针毡,我考虑到"黄带子"毕竟是爱新觉罗家族的,皇帝怎么可能对本族的人下狠手呢?我要是按照律法办理了敏学,会得罪皇帝和整个皇族,所以我着轻处理并上报了皇帝。没想到皇帝看到我的从轻发落报告后大发雷霆,下旨将敏学杖责四十大板,开除宗籍,发配到盛京,同时核查统计出70户有不端行为的"黄带子"一同发配到千里之外的盛京。我因这个案子处理不当被免职,之后再也没有被朝廷启用。

谢谢!

我因数学事件这个案子处理不当，被免职，再也没有被朝廷启用。

嘉庆：听了秦承恩的述职，我差不多又回到了那个头大的年代。国力虚弱，社会矛盾尖锐，反叛动乱此起彼伏。教民都能杀到皇宫里，你说这是什么时代？还有就是我们爱新觉罗家族，"黄带子"们，繁衍生息到几万人，朝廷一直养着这些闲人，压力很大，还是计划生育好啊！

雍正：也许这就是天数，也许这就是国脉吧！治理国家不能有一丝的松懈，稍微一倦怠就会生出许多蛀虫和矛盾。我夜以继日地工作尚且弄得沸沸扬扬，何况尔等只知享福呢！

个人小传

秦承恩（？—1809年）字芝轩，江苏江宁人。乾隆二十六年（1761年）进士，选庶吉士，授编修，擢侍讲。出为江西广饶九南道，累迁直隶布政使。五十四年（1789年），擢陕西巡抚。嘉庆十一年（1806年）九月以刑部尚书署理。署理半月。

天心难测，官场如战场

大家好！我是山西太谷人温承慧，山西太谷现在隶属晋中市了。我在总督任上干了八年，仕途很顺利。但是圣心难测，仕途险恶，我宦海沉浮，也终于看明白了一些。

▌天心难测▐

嘉庆十一年（1806年），因为我协助总兵许松年、提督李长庚会剿海寇得力，从江西巡抚调任署理直隶总督，这是我做官的又一个高度，高兴呐！十二年，皇帝视察古北口军事重镇。这个古北口位于密云县东北部，距离北京120公里，地处燕山山脉，地势险要，在山海关与居庸关中段，自古为京都锁钥重地，有北京东北门户之称。古北口与保定构成了保卫京师的东北南方位重镇，是直隶总督治下军事要地。作为直隶总督对这些重要的军事要地必须十分熟悉，并随时对京师的安全负责。嘉庆皇帝视察古北口，看到我对军事方面的工作汇报很详细，赞扬了我，并且将我从署理直隶总督调整为实授直隶总督。十三年，皇帝视察天津，仍然很满意我的工作,赐我黄马褂,我感到无比荣耀。

但好景不长。巨鹿县县民孙维俭等人练习大乘教,滦州董怀信传播练习八卦教,此类有叛乱嫌疑的邪教组织先后被朝廷发觉。追究下来,我作为直隶总督难逃失察之罪,被夺花翎、黄马褂,革职留任。

▎官场如战场 ▎

嘉庆二十三年(1818年),我被授山东按察使,又回到了当初直隶总督管辖的范围。带着在原来管辖的地界降级工作的"丢颜面心态",我不负众望,从山东社会治安抓起,铲除盗匪,拘捕了多年来庇佑盗匪的广平知府王兆奎,将多年积累的案子快速办清,山东吏治为之一新,朝廷对我在山东的工作非常肯定。不成想,盗匪在夜里抢劫了泰安富人徐文诰,杀害了徐文诰的佣人,泰安县以误杀定罪,当时的按察使程国仁也以此定案。我抓捕了盗匪的首领后,经过详细的审问了解到这个案子的真相,想给这个案子翻案。这个时候,程国仁已经升为山东巡抚,成为我的上级,他对我翻案很是不满,就诬告我以曾做过直隶总督的姿态不听调遣节制,我因此再次被朝廷革职。后继任的按察使槐复弹劾我私自拘禁抓捕无辜人员、扰民等,我被朝廷发配伊犁。

在那样的年代里,我和其他同事一样,面临着和各种匪徒斗争的现实,这比和平年代面对各种罪犯的情况要复杂得多。对于地方上的各种教民组织,我缺乏相应的政治敏感性,以总督身份刚愎自用,结果搞得自己的职场污渍斑斑。

就这些。谢谢!

嘉庆：温承惠在总督任上的成绩可圈可点，但是在治下管理工作上还是不够细心，总是有一些致命的工作漏洞，再大的功劳也不能抵消失察之罪。至于仕途上的风波，谁都会遇到。你在山东按察使的事情上是有人成心诬告，那就是朝廷对不住你了。

个人小传

温承惠（1755年—1832年），字景侨，号七十愚叟。山西太谷人。

乾隆四十二年（1777年）拔贡，朝考首擢，除七品小京官，分吏部。拔贡内用自是始。累迁郎中。五十四年，出为陕西督粮道，母忧归。高宗巡幸五台，迎銮召对，嘉其才。服阕，补延榆绥道。

嘉庆八年（1803年），调河南，修伊、洛旧渠。十年，擢江西巡抚。十一年，调福建，兼署总督。海寇蔡牵犯台湾鹿耳门，檄总兵许松年赴海坛、竿塘与提督李长庚会剿，三沙为蔡牵乡里，增兵驻守，禁沿海接济，诏嘉之。寻调署直隶总督。十二年九月实授。十八年九月降职调京。任期八年。

章煦
教匪人头换官位

各位同僚，大家好！

我是章煦，浙江人，在嘉庆十九年（1814年），我曾以工部尚书身份署理直隶总督五个月。在这，我想将自己的仕途感觉说说，就说两个方面。

教匪人头即官位，这么说大家可能觉得不舒服，但在嘉庆那个时候就是这样的。因为剿匪是社会的主题，也就成为众多官员换取官位的资本。我也是如此，参与到好多次的剿匪活动中，官位也步步高升，从云贵总督、两江总督，到直隶总督、协办大学士、太子太保，位极人臣。

我在仕途里，还有好几次"偕同处理"，我也凭此平步青云。

嘉庆七年（1802年），陕西、山东等省教匪之乱平息后，我偕同侍郎那彦宝到云南查办布政使陈孝升军需案。

嘉庆十三年（1808年），我回京担任刑部侍郎，偕同穆克登额到云南办案，查办贡生任树宇诬陷朝廷官员军需案。

嘉庆十四年（1809年），我担任江苏巡抚兼署理两江总督，筹议海运，后来调任刑部侍郎，偕同侍郎景安到直隶查办案件。

嘉庆二十年（1815年），我偕同侍郎熙昌到湖北、广东、江苏、安徽查办案件……

我无数次"偕同办理",到处为各种各样的案子奔波,最后胜任军机大臣,署理直隶总督。

一个是剿匪,一个是偕同处理,两项主要工作就换来了我的位极人臣。其实,我的功绩不如其他同僚,也没有做过"第一名"、"最好",但我就是成了阁臣,高高地居于同僚们之上。我百思不得其解,可能这就是中庸之道吧,往往太出色的不易获得高位。

谢谢!

嘉庆:章煦的观点虽然可恨,但是说得很对。确实那些"最好"、"第一"我没有用,反而是第二或者第三更受重用。不知道其他管理者怎么想,反正我就是这么做的。

雍正:我与你们不同,我向来喜欢用冒尖的,你把庸才压在才子的上边,这是对有才干的人的侮辱。才子你都不敢用,还想管理好国家,还想拥有和平的日子,痴人说梦!这只能说明你是一个混蛋和庸才!

嘉庆:皇祖说得对,说得对,我就是一个平庸的皇帝,惭愧啊。

乾隆:管理者也都是俗人,都有偏心眼子,不是圣人呐,甚至有时候比俗人还俗。

毕东坡:我们不管是什么身份,最忌讳的就是"神秘化",抛开一切身份后,我们也只是活生生的俗人,没什么了不起的。

道光:对啊,这么多"皇帝万岁",没一个万岁的。找了、炼了几千年的长生不老药,也没见谁成仙的,都是浮云!返璞归真最美好了。

章煦（？—1824年），字曜青，浙江钱塘人。乾隆三十七年（1772年）进士，嘉庆十四年（1809年），调江苏巡抚，署两江总督。二十一年，调礼部尚书，授军机大臣。调刑部，管理礼部。二十二年，病免。寻授兵部尚书、协办大学士，兼管顺天府尹事。二十三年，拜东阁大学士，管理刑部。万寿庆典，晋太子太保。二十五年，以足疾累疏乞休，予告致仕，食全俸。居家久之，道光四年，卒，谥文简。

那彦成
砍杀的一生

大家好！我是大学士阿桂的孙子,三岁成了孤儿,妈妈那拉氏独自抚养我成才,我三次担任直隶总督,共计六年零三个月。

我的一生差不多都在战场上度过,内忧是教匪,外患是边乱,从没有消停过。

剿灭陕西四川匪盗

朝廷派遣将军庆成、巡抚永保、参赞大臣明亮一同去剿灭张汉潮。还没上战场,这些协同剿匪的大臣之间却有了矛盾,各自为战,行令不统一。因为战绩很差效果不好,朝廷派我为钦差大臣,夺将军、巡抚的官职,对明亮的军队进行监督。明亮知道我这个中央派下来的钦差来督军,马上开展了积极的剿灭行动,张汉潮被斩杀。朝廷表扬我能先声夺人,大大地奖励了我一番。

嘉庆五年（1800 年）春,我奉命举兵汉中,大破陇州陇山镇,斩匪很多。这个时候,经略将军额勒登保生病,朝廷命我兼督各路兵马,对川匪进行剿灭。

▍功成执掌直隶 ▍

嘉庆十八年（1813年），河南天理会教匪李文成势力动乱，滑县被教匪占领。朝廷委派我为钦差大臣、都统，督师率杨遇春等进行讨伐。朝廷旨意不容喘息，巴不得在第二天就收到前线的胜利消息。但我认为刚开始都是小股的力量，要等待教匪人员集结得差不多了再对其一网打尽！教匪势力以桃源集、道口、滑县三地为犄角之势，杨遇春击破道口，歼敌一万多人，随后攻破桃源集，迅速强攻滑县，头目李文成自焚。我督师杨遇春等保卫滑县数月，最后以地雷攻破城池，俘虏二万余人。平定教匪之乱后，我因功劳加太子太保，封子爵，授直隶总督。

就这些吧，听着很枯燥哈，这就是我的述职内容。我带兵打仗出身，这个资料还是找人整理的，长时间不写文章，我都差不多忘记了，大家凑合着听吧。

谢谢！

嘉庆： 那彦成对大清来讲功勋卓著，对江山社稷付出颇多，怎么封赏都不为过。我给个满分！

道光： 我也给一个！

毕东坡： 砍杀的一生，这头是人民的鲜血，那头是高官厚禄，不过你们是评委，听你们的。

曾国藩： 主持人不能有偏见，各为其主，作为臣子我们做的都是对的。为了国家稳定，谁还管会有多少人流血？你那是书生意气，要是顾忌

我的一生差不多都在战场上度过，内忧是教匪，外患是边乱，没有消停过。

这么多,也就没有什么朝代更迭了!

李鸿章:赞一个!曾老师说得对!

袁世凯:是啊,是啊。

毕东坡:对不起,我不在大家的立场上,不应该发此言论。主持人应该平息矛盾,不应该挑起争端,要不然就违背活动计划书里的约定了。

个人小传

那彦成(1763年—1833年),章佳氏,字韶九,一字东甫,号绎堂,满洲正白旗人,大学士阿桂孙。乾隆五十四年(1789年)进士,选庶吉士,授编修,直南书房。四迁为内阁学士。嘉庆三年(1798年),命在军机大臣上行走。迁工部侍郎,调户部,兼翰林院掌院学士。擢工部尚书,兼都统、内务府大臣。那彦成三岁而孤,母那拉氏,守志,抚之成立,至是三十载,仁宗御书"励节教忠"额表其门。

嘉庆十九年(1814年)二月以陕甘总督改任,二十一年六月革职。任期二年零四个月。道光九年(1829年)六月回任直隶总督,十一年二月革职。任期一年零八个月。道光五年十月以陕甘总督两次调任直隶总督,七年十一月离任。任期二年零一个月。

即位遗诏金盒之灾

大家好，我是托津，富察氏，我本人也就是替皇帝办办差事儿，没什么大新闻。署理直隶总督也是因为那彦成犯案被抓捕回京，我才和直隶来了那么一次"闪婚"，不足满月，十五天。

金盒之灾

嘉庆二十五年（1820年），嘉庆帝在热河突然驾崩，我和戴均元命内侍检查皇帝的抽屉时发现一个小金盒，盒子里面有嘉庆皇帝的旨意。我们根据旨意拟写了遗诏，奉道光皇帝即位。可是，没想到我们撰写旨意的时候，失误引用"高宗降生于避暑山庄"的话而受到朝廷的责罚，降职记了大过。

乾隆皇帝的出生地点是雍和宫还是避暑山庄成为了嘉庆朝争议的热点之一，后来经嘉庆皇帝确定，为雍和宫。遗诏撰写的时候我和戴均元忽略了这点，一时大意出现了这样的低级失误，被人作为把柄，给我们带来了祸患。

| 荣耀富察氏 |

我们富察氏的祖先旺吉努投靠努尔哈赤受到重用,从此家族兴旺,米思翰在康熙年间出任内务府大臣、户部尚书,米思翰之子马齐是康雍乾三朝大学士,米思翰另一个儿子李荣保的女儿是乾隆帝的皇后,李荣保的幼子傅恒更是乾隆皇帝时期的名臣,傅恒之子福康安等更是炙手可热。我作为富察氏的一员,有家族错综复杂的社会资源,自然能在朝廷中位列枢臣。关系就是实力,这是那些靠着科举的寒门之后无法比的。

平淡枯燥的经历,就这样简单说说吧。对直隶方面的工作,我几乎没什么感觉。谢谢。

(等了良久,无人提问,评委也不说话)

毕东坡:大家没什么问题要交流吗? 一、二、三! 好了,继续吧。

个人小传

托津(1755年—1835年),富察氏,字知亭,满洲镶黄旗人,尚书博清额子。乾隆中,授都察院笔帖式,充军机章京,累迁银库郎中。改御史,迁给事中。嘉庆二十一年(1816年)六月以东阁大学士署理。署理约十五天。

方受畴

性格决定命运

大家好！评委们好！

我是方受畴，是前总督方观承的侄子。我在直隶总督上任职共计六年。我想和大家分享一下我的感受，那就是：性格决定命运。

我承认收到过叔叔方观承在职场上的照顾。叔叔他长期担任直隶总督，安排我做大名知府、保定知府等，就放在他的眼皮底下锻炼。叔叔一直告诫我，要培养自己稳重练达的性格，遇事不可慌张，要冷静面对一切，在清醒的情况下才能找出最好的解决办法。

我牢记叔叔的教诲，这使我养成了日后在职场上的性格。在我从浙江巡抚调任河南巡抚的时候，河南睢州水漫，而滑县又大旱，瘟疫大起；治兵、筹饷、赈灾、筑堤等同时并举，任务繁重，我计划周到，一切顺利完成。不久升直隶总督。嘉庆帝巡视奉天路过滦河，而滦河大桥被洪水冲倒，我亲自指导抢修，十几天就修复成功，使皇帝得以平安过河。由北口至车道沟，路途险峻，我经过计划和指导，将之修成宽坦大道。因功，皇帝加授我为太子少保。

如果说桐城方家有丰厚的遗产的话，那遗产就是一股精神，一股激励后人前行的力量,不是金银却胜过金银!

谢谢。

乾隆: 桐城方家家教如此醇厚、正气,实乃子孙之福啊!如果说性格对个人的影响很大的话,那教育就是家族的命根子!影响和制约家族发展的就是教育!我们大清对皇子严格教育,才基本保证了没有昏君,如果不是这些硬件、软件的结合,恐怕早已无法应对社会的种种变数了。

嘉庆: 方家臣子能恪尽职守,认真办差,态度端正,难能可贵啊。

毕东坡: 方观承、方受畴为直隶总督任上第一个家族关系,叔侄共任直隶总督26年,占直隶总督史(190年)的13.68%。这是安徽桐城方家的荣誉!

个人小传

方受畴(? —1822年),安徽桐城人,前直隶总督方观承侄。字次耘,号来青。清乾隆年间,任两淮盐课大使,后荐任乍浦同知、直隶大名府知府,调保定府知府,后升清河道,因事罢官。嘉庆二十一年(1816年)六月由河南巡抚迁。道光二年(1822年)正月病免。任期六年。

长龄
翻译官将军

大家好,我是长龄,萨尔图克氏,字懋亭,蒙古正白旗人,尚书纳延泰子,惠龄之弟,桂纶的爹,麟兴的爷爷。

我和哥哥惠龄都是翻译官出身。告诉大家,不论在哪个时代,掌握一门外语相当的关键!因为我们兄弟学习的都是语言学,可以经常和对外的事务打交道。当时的社会主题是剿匪,作为八旗的后人,自然会义无反顾地投入到保卫"家族荣华富贵"的战斗中去。

教匪、边疆的番乱都是我们需要面对的。因为战功和正白旗的出身,我很快就成为都统,并几次担任陕甘总督。就在这陕甘总督岗位切换的中间,署理了一下直隶,也就 20 来天的时间。

出身和社会机会,促使我这个翻译官成了将军,成了那个时期"功勋卓著"的一等功臣,和哥哥惠龄一起撑起了正白旗萨尔图克氏的辉煌。

谢谢!

嘉庆:八旗子弟以你们家为骄傲,当初在稳定社会局面的大危机里,你们萨尔图克氏英勇向前,值得嘉奖!

曾国藩：可惜，你们八旗不是永远都这样，杀老百姓有一手，杀洋鬼子就尿裤子，关键的时候，还得靠我们呐！

长龄：你是哪个旗的？竟敢对本都统这么无礼？看我带兵把你当教匪处理了！

曾国藩：哈哈哈，我不是旗人，你那都统啊，管不着我！看你也属于那种自大狂妄之徒，我啊，才懒得和你过招呢！

光绪：长龄，这位是曾国藩侯爷，等他述职的时候，你就认识了，这个是不能比的，没有可比性啊，下去吧。

毕东坡：我再重申一遍，提问可以，但不准挑衅别人。曾国藩严重警告一次，暂不罚款。下一位！

个人小传

　　长龄（1759年—1839年），萨尔图克氏，字懋亭，蒙古正白旗人，尚书纳延泰子，惠龄之弟也。乾隆中，由翻译生员补工部笔帖式，充军机章京，擢理藩院主事。从征甘肃、台湾、廓尔喀，累擢内阁学士，兼副都统。道光二年（1822年）正月以陕甘总督署理，不久回任陕甘总督。署理二十天。

我和哥哥惠龄都是翻译官出身，告诉大家，不论在哪个时代，掌握一门外语相当地关键！

贵族独爱房地产

大家好！我是屠之申，湖北孝感人，我以直隶布政使护理总督职务一年半。

我说两个话题，一个是正定的六忠祠；一个是不合法的财产打合法的官司。

▎正定的六忠祠 ▎

道光二年（1822年），张范东到正定任知府。到任后，他祭拜了三忠祠，非常敬仰。因祠宇已残破，决定捐资重修。他想，正定是历代兵家必争的咽喉要地，英雄辈出，宋、金、元、明屡遭兵焚，号称百战之场。从三忠以后，难道就没有再出现过应当列入祭祀的人物吗？而且三忠祠内祭祀的颜真卿和欧阳珣两个人都不曾在正定任过职，英雄之举未在正定（清朝的时候深州已不再属于正定府管辖）。于是，他会同正定县知县赵模，查阅府志，查阅名宦的名单，考证这些人的历史功绩。经过查阅和考证，在唐宋以来的名宦三百多人之中选择了三个人，皆是曾在正定为官而且事迹突出的忠义之士。一个是宋朝时的正定知府李邈,一个是元朝的正定路达鲁花赤钹纳锡彰,一个是明末的正定知府徐标。于是,他们向当时担任直隶省布政使并护理直隶总督职务的我请示,我认为此举很好,马上批准。下令要求其他府县效仿之。重修祠宇后,将这三个人列于二颜和欧阳之后,同受祭祀,由是改名为六忠祠。

榜样的力量,其作用和价值是很重要的。要突破地域的限制,留住历史的痕迹,放大历史人物的好和善,其感化作用将无法想象。

▋不合法的财产打合法的官司 ▋

我在护理直隶总督岗位的时候,派人专门审查了多年来王公贵族在直隶附近圈地的情况。因为时间过长,派系众多,圈地引起的隐匿财产的官司也很多,其实都是为不合法的财产打合法的官司。这是个无底洞,也是根本查不清的烂账。比如,爷爷辈圈的地不合法,但是先隐匿下来,而儿子和孙子将之作为家族财产继承下来,然后就露出水面成为了"合法的",和现代的"洗钱"一样。

这些都是国家制度带来的弊端。我们作为臣子,只能发现看透而不可能解决,这就是社会制度的不治之症! 就算是大清灭亡了,这些圈地得来的财产,还可以换一大笔的养老钱呢,可怜的就是老百姓了。

谢谢!

雍正:这个问题是国家保护统治阶级利益的做法,明代也如此,我们知道这个问题解决不了,但是相对于明朝来讲,我认为我们做得还是比较好的。

乾隆：屠之申能够看到这个弊端不容易，而且也尝试着动这个"马蜂窝"，这就是制度的缺陷。不过，后来的矛盾激化也证明了这个"圈地"问题的严重性，它已经威胁到了国家的稳定。

光绪：屠之申，一个汉人，敢于"惩恶扬善"，敢于尝试动国家制度的顽疾，其勇气和态度可嘉，我给你一个满分！

个人小传

屠之申（生卒年不详），字可如，号舒斋。湖北孝感人。道光七年（1827年）十一月以直隶布政使护理，直到九年四月松筠署理。护理期一年零五个月。

松筠

酒浪酿于雨，玄孙言菊朋

大家好！我是松筠，蒙古正蓝旗，玛拉特氏。曾以吏部尚书的身份署理直隶总督十天。

我想说三个主题：边贸与外交、平叛、"酒浪酿于雨"。

边贸与外交

我大多数时间都在和外国人、番邦打交道。乾隆五十年（1785年），我被朝廷派往库伦管理和俄国的对外贸易，这个库伦现在已经不存在了，变成了乌兰巴托，已经成为蒙古国的首都。我到库伦的时候，遇到了"恰克图事件"。因为俄国人抢掠了库伦的商货。俄国的官方对这些抢夺的罪犯进行包庇保护，仅仅做了一些罚款的处罚，毫不在乎我们的损失。这个做法惹怒了朝廷，乾隆皇帝下令关闭了恰克图边境贸易。关闭恰克图贸易对于俄国来说损失很大，这恰克图是雍正五年（1727年）中俄双方确定的边贸中心，也是晋商垄断茶叶出口的重要市场。俄国对他们的行为后悔不已，撤换了原来的官员并多次请求边贸开市，但朝廷没有准许。

在这期间，俄国又杀害我边防巡城兵士，我抓捕了俄国相关人员三人，在边境地区斩杀了两人，以示警告。后来，土尔扈特喇嘛误入哈萨克，挑拨说俄国人引诱土尔扈特部谋乱。经过中俄双方核查，这是一个政治阴谋，俄国人并没有挑拨土尔扈特部叛乱。斩杀了这个制造谣言的土尔扈特喇嘛后，我上书朝廷继续开放已关闭 7 年多的边境贸易。乾隆五十七年（1792 年），我亲自带人到俄国，恩威并济，让俄国人慑服。

俄国边贸事情稳定下来之后，我以军机大臣、内务府大臣的身份护送英国贡使回广东。因为看不惯和珅一手遮天把持朝政的种种做法，我没有巴结和珅，所以一直被朝廷远放边境，继俄国边境工作八年后又担任驻藏大臣五年。这期间我编纂了《卫藏通志》，还写了大量的治理西藏的文章，过了一把学者瘾。嘉庆皇帝正式掌控朝政后，我才成为督抚之臣进入人生的另一段辉煌。

▌平叛▐

嘉庆四年（1799 年），我作为督抚大臣与陕甘大员明亮、恒瑞、庆成、永保等一同征剿张汉潮。明亮懂得带兵而不注重实效，恒瑞年近六旬精力不济，庆成有勇无谋，永保无谋无勇。这样的组合显然是失败的，所以在前期，我们被张汉潮的部队打得很被动。后来，朝廷调任我为伊犁将军，那彦成和额勒登保合力围剿张汉潮，陕甘一带的叛乱才得以平息。

嘉庆十八年（1813 年），我官拜武英殿大学士，与参赞长龄一同就新疆税务问题进行核查，对于不合适的税务政策进行裁减改革，在新疆实施屯田政策、广泛开垦河滩荒地、开采铜铅矿场，从新疆当地找出银子来作为回疆经费、伊犁军费等。

┃ "酒浪酿于雨" ┃

我是蒙古人,祖先们可以骑马在草原上奔驰放牧,但入关后就必须要融入汉人的生活里。要想做官被朝廷选用做官,就必须认真地学习汉族文化,拿起笔杆子。满蒙后人为官捷径就是走翻译这条路,满文译成汉文,蒙文译成汉文,由翻译工作开始就可以入仕。我就是从翻译干起,下了很大的工夫去研究学习儒家文化,即使在西藏、新疆这些边远的地方工作也不忘广泛结交儒生学者,一起谈论学问,一起探讨书画。我最擅长写大大的虎字,以虎的威猛精神鼓励自己敢于任事,毫不退缩。

一次,我看到了前明书画大家倪云璐的一副上联"竹声爽到天",我对上了下联"酒浪酿于雨",并且将与这副对联相遇的"巧缘"记录了下来。有人将这副对联装裱了起来,引来诸多文人墨客观赏多日,对联也因此成为京城争相拥有的收藏品之一。

其实,我真正喜好的是舞文弄墨的人生,但是理想和现实就是如此,我们必须面对现实。

谢谢!

乾隆: 都是因为我宠幸祖护和珅,让松筠这样优秀的官员长期远离中央,服务于边疆。我想腐败和贪污的根源在中央、在和珅,我就是查办处理再多的总督、巡抚、布政使、按察使也是治标不治本! 在我执政的60多年里,贪污类的大案就有十多起,比如国泰案、王亶望案等,可是这些人哪个与和珅没有关系呢! 这就像菜地里割韭菜一样,割了一茬还有一茬,总是根治不完的,除非拔掉了韭菜地的根儿。是我的失误啊,我的失误。

雍正：宠臣极易贪污，人的内心都有贪欲，对待臣下张弛无度总会带来各种各样的不良后果！年羹尧如此，和珅也如此，他们肆无忌惮，遮住天子的眼睛，混淆视听。长此下去朝廷损失的不仅仅是财富，更重要的是会失去民心，导致叛乱和民变呐。

个人小传

松筠（1752年—1835年），玛拉特氏，字湘圃，蒙古正蓝旗人。翻译生员，考授理藩院笔帖式，充军机章京，能任事，为高宗所知。累迁银库员外郎。嘉庆年间官至武英殿大学士，曾任军机大臣，兵部、礼部尚书。道光二年（1822年）正月长龄调后，松筠以吏部尚书署理。约署理十天。

蒋攸铦
控制自己的膨胀欲

大家好！我是蒋攸铦，保定满城人。以刑部尚书任直隶总督，任职两年半。

我想说三件事情：三盏灯、"不文不正"的曹振镛、劝民惜钱歌。

┃三盏灯┃

在座的各位在家乡都是传奇人物，是吧？我啊，也是这样的。我给大家讲讲，你们听听看。

我从小生活在杨家佐村，在村南的南玉川寺孔子殿读书，老先生对我非常喜爱，听老先生和别人闲聊的时候说，某天晚上发现我从屋子里出来时，头和肩顶共有三盏灯，认为我不同于凡人，便倾心教授我。其实，这个"三盏灯"的说法有些荒唐，老人们常说正常的男子正面都有三盏灯，而不仅仅是我有。有可能是因为晚上老先生中邪了，偶然看到了我的灯，要么就是我比别的同学早熟，灯早早地就亮了！

识了点字我就自认为了不起了，村子里有人找我写休书，我也毫不拒绝就写了。这件事情被老师知道后，他很生气。他教导我说，人应该有成人之美而不应有离人之心，休书这种涉及一个家庭存亡的文书不能随便写！一封休书会毁掉一个家庭，这种事情是缺乏孔孟道德精神的。老先生让我引以为戒，并在孔圣人的塑像面前立誓。有了老先生的严加管教，我才学业有成，后来金榜题名。

也因为老先生的严格教诲，我做大官后从来不在家乡人面前摆臭架子，回村省亲不是显摆，而是以村里出去的孩子身份步行回家，这是对村子长辈还有这片养育我的土地的尊重！官再大也是村子里面出去的孩子，也是吃着家乡饭喝着家乡水长大的娃，穿上官服怎么能忘了家乡呢？人若忘本，天理难容！

▌"不文不正"的曹振镛 ▌

我担任直隶总督的时候，官拜体仁阁大学士入军机处，却遭到了曹振镛的排挤！曹振镛是嘉庆、道光两朝宰相，把持朝政20多年，深受这两位皇帝信任。这曹振镛是个奇迹，他有一个长期受宠的秘诀，那就是"多磕头，少说话"！他以沉默保住了嘉庆朝的宰相位置，道光即位的时候，他又积极主动地陷害大学士托津、戴均元，成功排挤了他们，自己成为了道光朝的宰相。

面对曹振镛这样老奸巨猾的政客，我要么也像他一样"多磕头，少说话"，要么就与他斗下去！但我是新来的，况且曹振镛和道光皇帝还有师生情谊，我入军机处没多久就被排挤出去，到两广担任总督去了！

就是这样的曹振镛，大家都看到了他庸碌了20年，而嘉庆、道光就是看不出来这老曹一死，道光皇帝还亲临治丧，给予崇高无上的谥号：

文正。"文正"的谥号不是人人都能获得的,古有范仲淹范文正,清代就是刘统勋刘文正,这是对大臣至高无上的肯定!而曹振镛就获得了这个谥号,成为当时的一大笑话!

有人做了《一剪梅》来讽刺曹振镛:"仕途钻刺要精工,京信常通,炭敬常丰。莫谈时事逞英雄,一味圆融,一味谦恭。大臣经济在从容,莫显奇功,莫说精忠,万般人事要朦胧,驳也无庸,议也无庸。八方无事岁岁丰,国运方隆,官运方通,大家襄赞要和衷,好也弥缝,歹也弥缝。无灾无难到三公,妻受荣封,子荫郎中,流芳后世更无穷,不谥文忠,便谥文恭。"

就算是在这种不平衡的心理下,我依然尽职尽责,珍惜朝廷给的高官厚禄,为老百姓做点实事,多多举荐一些人才为朝廷出力。不管别人有多大的膨胀欲,我自己都要控制好自己。

┃劝民惜钱歌┃

不是"洗钱"的"洗",而是珍惜的"惜"。是我作的词,我给大家唱一唱,这些可以普及到老百姓的生活里,避免浪费,养成良好的习惯。

钱钱,你是国宝流源,万事当先,可喜你内方似地,外圆像天。无翼能飞,无手能攀,周流四海,运用无边。有了你许多方便,没了你许多熬煎;有了你精神爽快,没了你坐卧不安;有了你夫妻和好,没了你妻离子散;有了你亲朋尊仰,没了你骨肉冷谈。见几个登山涉水,见几个鸡鸣看天,见几个抛妻撇子,见几个千里为官,见几个游浪江湖,见几个盗娼赌钱,一切都为钱。说什么学富五车,七岁成篇;论什么文崇北斗,才高丘山;说什么圣贤名训,古今格言;讲什么穷理尽性,学贯人天。有钱时人人钦羡,无钱时个个避嫌。你找我很容易，我找你甚艰难。

钱钱，可恨你性太偏，喜的是富贵，恶的是贫贱。爱的是成群，憎的是孤单。有无你都被你牵连，你既不是朝里王侯，你又不是国外大员，你既不是恶蟒出洞，你又不是猛虎下山，你又不会喷火吐烟。仔细看来你偏有些威权，你能使人掀天揭地，能使人平地登天，能使人顷刻为业，能使人陆地成仙，能使人到处逍遥，能使人不第为官，能使人颠倒是非，能使人痴汉作言，因此人人爱，个个贪。人为你丧尽天良，人为你用尽机关，人为你败坏纲常，人为你冷灰起烟，人为你忘却廉耻，人为你无故生端，人为你舍死拼命，人为你平空作颠，人为你天涯走遍，人为你昼夜不眠，人为你装男变女，人为你弄巧行奸，人为你把法想遍，人为你昧却心田。

钱钱，人人都被你牵连，出言你为首，做事你当先，成也是你，败也是你，何如息了思想念。你去我不烦，你来我不欢，不被你颠神乱志，不因你废寝忘食，从今后再不说有钱无钱，纵聚你成堆，积你如山，无常到来，买不还，人人一般。总不如学一个居易俟合，随分安然。岂不闻得失有前定，穷富真主掌大权，何必佞贪，何必佞贪。

好了，就这些吧。谢谢！

（第一次，会场到处喊"好"，赞誉之声不绝于耳。）
七位评委很激动，全部亮出了满分！
毕东坡： 这是述职活动最激动的时刻！我们的第一位"大满贯"产生了，他就是蒋攸铦总督！他的述职，通俗易懂、有趣、实用，体现了一个官员的最高境界！恭喜蒋攸铦！

个人小传

　　蒋攸铦（1765年—1830年），字颖芳，号砺堂。汉军镶红旗人。先世由浙江迁辽东，隶汉军镶红旗，迁御史，任江西按察使、云南布政使、江苏巡抚、江南河道总督、两广总督等职。嘉庆二十二年（1817年），调四川总督，加太子太保。道光二年（1822年），授刑部尚书。寻授直隶总督。五年，拜体仁阁大学士，充军机大臣，管理刑部。七年，授两江总督，晋太子太傅。十年殁，谥文勤。道光三年四月以刑部尚书授。五年十月回京。任期两年零六个月。

王鼎
以死进谏，洒向平沙大漠风

大家好，我是王鼎，陕西人，大家都说我是"抗英名相"，其实，我宁愿不要这个称呼，而去换一个好的时代！这个时代让我"死不瞑目"啊！

▎以死进谏 ▎

古往今来的大臣进谏无非就是三种办法：苦谏，即坚持、多次、固执、长跪不起、不批准不上班、不同意皇帝你也别想安生的方式，达到进谏目的；兵谏，即武力威慑逼迫皇帝同意；尸谏，即以死进谏，不同意就死在皇帝面前，挺着尸体继续进谏。首先，兵谏这种方式我做不到，直隶总督并没有能力调动军队进行兵谏，只有九门提督、都统这些直接掌管军队的要职才能实现。况且，兵谏有叛乱的嫌疑，弄不好会被诛灭九族。苦谏是比较常用的方法了，苦谏不行，最后只能用尸谏了，这也是万不得已的做法。

第一次鸦片战争的时候，我竭力主张和英国佬战斗到底，支持林则徐！第一次鸦片战争失败之后，林则徐等被革职，还被发配新疆，我以大学士的身份留林在身边,助襄河工,但还是阻挡不了林去新疆的遭遇啊! 这不是浪费资源吗? 这么专业懂得与英国佬对决的林则徐总督硬是被皇帝搁置不用! 投降派穆彰阿主张答应英国的条件,割让香港,我以死直谏,留下遗书,自缢于圆明园:"条约不可轻许,恶例不可开。穆不可任,林不可弃也。"我想用自己的死,来保住林则徐,保住香港,可惜皇帝并没有因为我的"尸谏"而启用林则徐,还是打发他去了新疆,香港从此被割让。

子女"勿上街"

我就是一个很固执的人,不够圆滑。同乡同族王杰时任宰相,我从未让杰助己升迁。我对子女族人要求甚严。我儿子回陕参加考试,我怕他利用权势行事不法,叮嘱儿子考前不许"见客"、"见长官"。要求他们跟随家人"勿上街",力杜嫌疑,以正自身,要凭真才实学考取功名。

这些行为放到现在,简直是不可思议。谁不会给自己的孩子打声招呼呢? 巴不得把自己的孩子提拔上天呢! 我就是傻,为了自己的不值钱的名誉,苦了孩子们,非要做那圣洁的白雪,环境都污染了,哪来的圣洁? 哪来的白雪?

洒向平沙大漠风

我平生的朋友不多,深交的就是林则徐、龚自珍、魏源。林则徐听到我尸谏的消息悲痛万分,写了《哭故相王文恪公》诗两首,赞我道:"伤心知己千行泪,洒向平沙大漠风。"1845 年,林则徐被招还北京时,特到蒲城拜望了我的故居,并亲到王氏的坟冢祭奠了我。1864 年,他任陕西巡抚时,还为我守"心丧"三个月。

人生不需要朋友满天下,什么事物都是多了就不珍贵了,看看太平天国到处都是"王",那"王"自然就贬值了。能有林则徐他们为友,我此生足以!

谢谢!

雍正:没想到后面的局势竟然如此复杂!我们自认为强大的军队,竟然如此不堪一击!王鼎好样的,这样的臣子不给满分说不过去呀!满分!

乾隆:满分!

道光:满分!

咸丰:满分!

毕东坡:王鼎总督获得了四个满分,了不得!我们继续吧。

个人小传

王鼎(1768 年—1842 年),字定九,号省厓,陕西蒲城县西街达仁巷人。中国近代民主革命序幕时期政治家、著称于世的爱国名相,嘉庆和道光皇帝的老师。道光十一年(1831 年)二月以户部尚书署理。约署理半个月。

人都说我是抗英名相，其实，对于我来讲，宁愿不要这不称呼，而去换一个好的时代！现在这不时代让我死不瞑目啊！

琦善

爵阁部堂，虎门战役

大家好，我是琦善，博尔济吉特氏，字静庵。满洲正黄旗人，荫生，一等侯爵。

下面我和大家来说说四个问题。

▌爵阁部堂▌

1840 年鸦片战争时，我的正式身份是一等侯爵、文渊阁大学士、直隶总督（后改两广总督）、钦差大臣。在与英方的公文往来中，自称"本大臣爵阁部堂"，可以说是位极人臣，圣眷正隆，为同僚们望尘莫及。这等人臣的荣光，我堪称第一！这都缘于道光皇帝的厚爱。我 29 岁就是河南巡抚，按现在的说法，那就是副部级干部。

▌鸦片各派▌

鸦片进入咱们国内后，各方对此态度不一。针对这一问题，清廷形成

"严禁派"和"弛禁派"两大对垒阵营。

严禁派的代表人物是鸿胪寺卿黄爵滋和时任湖广总督林则徐。提出的具体办法就是用严刑峻法,重治吸食;广传戒烟药方,限期一年戒绝,过期仍吸食者,平民处死刑,官吏加罪——不但犯官治罪,而且其子女不准考试。邻里互相监督,五家一组,互相结保,对邻里吸鸦片而知情不举,包庇吸食,亦予治罪,对举报者则予奖励。黄爵滋还谎称查过资料,说洋人对本国吸鸦片者皆绑上竹竿,插进大炮,击入海中溺死。但事实上,当时西方各国都不禁止鸦片。英国当时禁的"毒品"乃是酒!

弛禁派提出取消鸦片禁令,准其公开买卖,照药材纳税,不过只准以货易货,不准用银子购买,认为这样可以防止白银外流。并且,提出国内种植鸦片不予限制,国产鸦片多了,洋商无利可图,外国鸦片即可不禁自绝。

我的主张是封关锁国,只有这样,才是"正本清源之道"。在直隶总督任上,我在禁烟行动中缴获鸦片13万两,仅次于两广总督邓廷桢的26万两(广州是鸦片最主要的走私地),比湖广总督林则徐多2万两。

▎虎门战役▎

道光帝任命我担任"罢战言和"的钦差大臣赴广东查办,9月初革林则徐、邓廷桢职,命我署两广总督兼海关监督。1840年11月29日,我到达广州,中英广州谈判开始。但由于双方开价差距悬殊,谈判一开始就进入了扯皮阶段。道光帝收到我的奏折后,认为英国人的要求过分(和南京条约的内容相似),下令备战。在谈判期间,我增铸火炮,并从广东各地调兵至虎门,虎门兵力达到11000人。1841年1月7日,谈判破裂,英军发动进攻,虎门战役开始。英军仅以受伤38人的代价即击败清军。

1月8日,我要求重开谈判,英军同意暂时停战。1月21日,英方公布了《穿鼻草约》,要求割让香港岛、赔款600万银元。由于涉及土地割让,我未签字(此条约传至伦敦,英国政府认为得到利益太少,也未签字)。英军乃于26日,强行占领香港。道光皇帝得知虎门战事不利,说我畏敌,且擅自在谈判中割让香港,将我撤职查办,锁拿进京。

这可是天大的冤枉啊,我是替皇帝办事儿,怎么会私自割让香港呢!

▍江北大营▍

随后,我获得赦免,几经官场沉浮,任热河都统、四川总督、陕甘总督等。咸丰二年(1852年)任钦差大臣,组建江北大营围攻太平军,走到了政治生涯的最后阶段。

就这些。谢谢!

王鼎:琦善,在虎门的时候,你曾收受洋人的贿赂,可有此事?你还要抵赖吗?

琦善:这个,这个,唉,其实就是些洋人的小玩意儿,我比较喜欢,作为礼物收下了。我承认这个事情,但我从未有过卖国的行为,上帝作证!

道光:琦善提到的那个"给领导办差"的问题。其实,在职场上,老板不能轻易地毁掉自己的形象呐。总得有人替他来撑面子,那就有人要承受暂时的冤屈,继续维护老板的面子。相反,有功劳了,也要让给老板,树立老板英名的形象。职场里不都是这样的吗?你替老板做了什么,老板不会亏待你的,不是给钱就是给权,这可不是亏本的买卖!

乾隆:这个道理说得很对,如果你弄明白了,你就是"和珅",你弄不明白的话，你就是"纪晓岚"，你再优秀，做老板的也不喜欢。这就是职场的潜规则。

个人小传

琦善(1790年—1854年)，字静庵，博尔济吉特氏，满洲正黄旗人。出生于一个世袭一等侯爵的贵族家庭。祖上恩格得理尔，以率众投附有功，封得一等侯爵。父亲成德，官至热河都统。道光十一年（1831年）调直隶总督，此后一直署理或实任直隶总督达十年之久。其间，道光十六年授协办大学士，十八年又拜文渊阁大学士。至1840年鸦片战争时，琦善的正式身份是一等侯爵、文渊阁大学士、直隶总督（后改两广总督）、钦差大臣。1854年，病死于扬州。

穆彰阿

政治斗争的羔羊

大家好，我是穆彰阿，满洲镶蓝旗人，进士。道光十七年（1837 年）三月署理直隶总督。

我心里难过得很，"尸谏"的王鼎说"穆不可任"，指的就是我，我可不背这个恶名，让世人唾弃。

我做事情，没有皇帝的意思能那么顺利地做吗？我只是朝廷的一个执行者而已呀。我掌控军机二十余年，那也是皇帝老板喜欢。

▌被迫的经历▐

在禁烟运动和鸦片战争期间，朝廷的军事实力与英国等列强相比差距很大，根本就打不过。我看到了这点，就默认维持鸦片走私现状和主张对外妥协投降，也顺水推舟地包庇鸦片走私和官吏层层受贿，阻挠禁烟，对于皇帝授予林则徐以钦差大臣的大权深为嫉妒。战争爆发后，我极力打击以林则徐、邓廷桢为代表的抵抗派，主张向英国侵略者求和。

朝廷派遣耆英等为代表与英国侵略者签订南京条约，继而与美国、法国等签订其他不平等条约。在林则徐被任命为钦差大臣派往广州查禁鸦片时，我不敢公然反对和出面阻挠，暗地里却伺机进行破坏。当英舰北上大沽口进行威胁时，我看到皇帝原来要与洋人打的心思开始动摇了，由主战动摇为倾向于妥协了，便以"开兵衅"的罪名加给林则徐，并表示自己赞同和议，促使皇帝"罢林则徐，以琦善代之"。而当琦善在广州向侵略者委曲求全，他擅自与义律谈判赔款与割让香港的问题败露，以致被革职锁拿回北京等候审判时，我又示意时任直隶总督讷尔经额等出面要求道光帝对琦善从轻处理；到奕经被任命为扬威将军派往浙江主持战事的机会到来时，我又保举琦善随军"戴罪立功"。

林则徐、邓廷桢的被远戍伊犁，在台湾坚持抗英斗争的姚莹、达洪阿被革职押解进京，都与我从中陷害有关。

▌执掌军机20年▌

我长期当国，专擅大权。对上奉承迎合，固宠权位；对下结党营私，排斥异己。我利用各种考试机会，招收门生，这种做法以往的大臣都做过，可以方便形成一个极大的政治势力集团。"自嘉庆以来，典乡试三，典会试五。凡复试、殿试、朝考、教习庶吉士散馆考差、大考翰詹，无岁不与衡文之役。国史、玉牒、实录诸馆，皆为总裁。门生故吏遍于中外，知名之士多被援引，一时号曰'穆党'。"

这个方面的问题，我觉得很正常，门生故吏的看法自古有之，而那些科举考试的人自然也愿意投靠于我的门下，以此作为进阶的梯子。对于一心做官的人来说，无可厚非！

生命承担不起之重

道光三十年（1850年）道光帝逝世，咸丰帝即位后，为了邀结人心，起用林则徐、姚莹等人以镇压刚刚兴起的太平天国农民起义。同时，我和耆英因为签订不平等条约被社会舆论一直诟病，新皇帝谕旨中指责我"保位贪荣，妨贤病国。小忠小信，阴柔以售其奸；伪学伪才，揣摩以逢主意……其心阴险，实不可问！"命令下达后，我们被革职，"天下称快"！这其实是以我和耆英为替罪羊，稳住老百姓的手段。

咸丰三年（1853年），我捐军饷镇压太平军，被授予五品顶戴，三年后死去。

多么寒心的政治斗争啊，我成为了历史的罪人和政治斗争的"羔羊"。谢谢！

曾国藩：我就是穆彰阿的门人学生！老师的作为我很钦佩，所有的名声皆为政治原因，并不是他的本愿。只要自己认为做得对就好，后人的评说就不必在意了。

李鸿章：曾老师说得对！我不入地狱谁入地狱？这就是说给我和穆老师的！唉……

雍正：时局维艰，正是"板荡识忠臣"的时候，权谋私利，背后暗箭，真看不出什么值得尊敬的地方！这个不必争论，历史是冷血动物，不会给任何狡辩加分的。

乾隆：我见过不要脸的大臣，但是没见过穆彰阿这样不要脸的！人不要脸鬼都害怕，果然说的没错啊。

道光：穆彰阿很是埋怨我啊，怎么说好处都是你的，罪过却都要推

我做什么，没有皇帝的意思能那么顺利地做吗？我只是朝廷旨意的一个执行者而已吗。我成为了历史的罪人和政治斗争的羔羊。

到我身上。没良心呐，让你主持朝政二十余年，你没有多少忠君爱国的精神，反倒收获了一肚子私心私利，真让人失望！

个人小传

穆彰阿(1782年—1856年)，字子朴，号鹤舫，郭佳氏，满洲镶蓝旗人。出身于满族官僚家庭，父广泰，官至内阁学士、右翼总兵。穆彰阿，嘉庆进士。历任内务府大臣、步军统领、兵部尚书、吏部尚书、大学士、军机大臣等职，一时权倾内外。鸦片战争时阻挠禁烟运动，诬陷林则徐等抵抗派，与英美等侵略者谋求议和，与之订立不平等条约。后被革职。

讷尔经额
遭遇太平军北伐

大家好,我是讷尔经额,费莫氏,正白旗,翻译进士。大家知道这个"翻译进士"是针对我们八旗和宗室的特别科考,有满洲翻译和蒙古翻译,满洲翻译以满文译汉文或以满文作论,蒙古翻译以蒙文译满文,不译汉文。此项科举在清代时期断断续续地举行,有童试、乡试、会试的程序,三年一举,都是专门设立考场来进行的,录取翻译生员、举人、进士。

我嘉庆八年(1803年)中翻译进士,授妃园寝礼部主事,就是负责皇帝妃子们陵园礼仪的官职,后来调到工部,开始了我的仕途生涯。关于这次述职,我总结了两条。

▌灾星蓝正樽▐

这个蓝正樽是瑶族人,道光十四年(1834年),也就是他45岁的时候,与陈仲潮、雷克绍等因为官府没有采纳他们的治乡建议,还接连受到官府的压制陷害。蓝正樽非常愤怒,决心与朝廷对抗。他们利用斋教为掩护,组织龙华会,向瑶民宣传反清主张,入会者4000余人。长期与官府结下仇恨的少数民族纷纷响应,他们私造武器,准备起义。道光十六年(1836 年),蓝正樽称王拜将,正式起义。他自称卫王,封军师、大元帅等官给组织核心人物,颁布《王政十三条》,兵分三路,大举造反。

蓝正樽率部攻打武冈城,被官兵击败,逃跑了。我作为总督领旨抓捕他,可是怎么也抓不到,我就被革职留任。后来,朝廷年度考核时降我为巡抚,命我抓捕蓝正樽,限期为一年。有消息称蓝正樽被殴打致死,我将之上报。新任总督林则徐核实,不见蓝正樽尸首只有衣物。朝廷认为这个证物不足信,便打发我到西藏任职。在西藏三年后,我被朝廷任命为直隶总督。

遭遇太平军北伐

咸丰三年(1853 年),太平军林凤祥、李开芳等开始大举北伐,他们从安徽进入河南归德、睢州、宁陵等地,直逼开封。朝廷命令我防守大名,遏制太平军北上。虽多次夹击很有效果,但林凤祥等率部从济源进入太行山,接连攻下了垣曲、阳城、曲沃等城,势不可当。我回守临洺关,因为不懂军事,束手无策,也只顾得上直隶辖境,没有对山西多加支援。结果太平军长驱直入,大败我军,我只好带着残部狼狈逃走。因为这么大的败绩,京师震动,我被夺了直隶总督官职。朝廷又命惠亲王绵愉为大将军,科尔沁郡王僧格林沁为副将前来追缴林凤祥等。我被捕入狱,斩监候。

通过与太平军激战,我了解了他们。林凤祥是洪秀全四十结拜盟兄弟之一,年轻英武,他不光有不怕死北上来与朝廷背水一战的决心,而且有着很出色的军事才能。在严重缺粮后继无援的情况下,他的部队以战死的人为食,军纪严明,像魔鬼一样可怕。而我们的八旗军,养尊处优,非常怕死,在气势上已经输给了太平军,所以才让太平军在短短的时间里所向披靡,成为与朝廷分庭抗礼的大患。

不走运,当了直隶总督本就应该保卫京师的安全,可是我没有能力看好京师的南大门,非常惨重地败给了太平军,一切荣耀和辉煌全成了浮云!

道光:讷尔经额,你真是个官迷,迷得都不知道怎么去当官了!天下那时就是如此动荡不堪,你作为封疆之首居然打起退堂鼓来,自始至终想的全部是自己的利益,让你掌握京畿重地我真是瞎了眼!

雍正:果然是瞎了眼!这样的人还能担任直隶总督十三年!不理解你的用人之道啊!

个人小传

讷尔经额(1784年—1857年),费莫氏,字近堂。满洲正白旗人,翻译进士。道光二十年(1840年)八月以陕甘总督署理,二十一年实授,咸丰三年(1853年)九月革职。任期十三年零一个月。

桂良
翁婿掌朝政

大家好,我是桂良,瓜尔佳氏,正红旗。

▎站在僧格林沁后面▎

洪秀全的北伐军势如破竹地上来了,讷尔经额因为抵挡不力而被撤职查办,而我奉命带兵与僧格林沁会合,一起抵挡太平军。这很明显是捡军功的好机会,只要站在僧格林沁后面就行了,把自己照顾好,踏在那些死鬼的尸体上分享胜利的果实。因为局势的需要,我很快就继任了直隶总督,成为封疆大吏之首。

▎跟着签字▎

那么多的内忧和外患,八国联军都进来了,鸦片战争、大沽炮台失守,这些一大堆的条约什么的,都得签字呐。1858年英法联军攻陷大沽炮台,直逼天津。我奉派与花沙纳为钦差大臣赶往天津谈判议和,先后与俄、美、英、法等国代表签订《天津条约》。继又南下上海,会同两江总督何桂清与英、法、美等国议订通商税则,签署《通商章程善后条约》。1860 年战争又起,英法联军重占天津,我又赴津,会同直隶总督恒福与英、法议和,疏请全部接受英、法所提各项要求。因咸丰帝和战不定,未达成协议。是年 9 月英法联军进攻北京,咸丰帝逃往热河时,我受命与“督办和局”钦差大臣奕䜣办理议和事宜。10 月签订了中俄、中英、中法《北京条约》。

▎翁婿掌控朝政 ▎

奕䜣是我的九女婿,人称“鬼子六”、“六王爷”。咸丰帝去世后,奕䜣成为实力派人物。1861 年,他协助慈禧太后发动了辛酉政变,处治了咸丰帝临终前立的八个顾命大臣:载垣、端华、肃顺、景寿、穆荫、匡源、杜翰、焦佑瀛。其中,怡亲王载垣和郑亲王端华被勒令自尽,大学士肃顺被斩首示众,军机处里原来的顾命大臣穆荫、匡源、杜翰、焦佑瀛全部被免职,换成文祥等人。奕䜣全面控制了中枢机关。由于奕䜣在辛酉政变中的出色表现,他被授予议政王大臣,在军机处担任领班大臣。同治元年(1862 年)开始,他又身兼宗人府宗令和总管内务府大臣,从而控制皇族事务和宫廷事务大权。他以总理各国事务衙门王大臣的职务主管王朝外交事务,自此总揽清朝内政外交,权势赫赫。

1861 年 1 月清廷设置总理各国事务衙门,我出任大臣,帮同奕䜣主持该衙门外交、通商事务;北京政变(又称祺祥政变)后,我升任军机大臣。

这就是我的述职。谢谢!

大家好，我是桂
良。我和大家说
三个方面的事情
吧：站在僧格林
沁后面，跟着签
字；翁婿掌控朝
政。

咸丰：痛心呐，痛心呐！奕䜣竟敢违背遗诏帮助叶赫那拉氏篡夺大权！这就等于，从我以后大清就没有实权皇帝了，大权落在了那个阴险的叶赫那拉氏手里！痛心呐，痛心呐！

雍正：我为了弘历不至于再经历我经历过的难题，亲自处理了自己的儿子，这是为什么？为的就是江山的稳定！大丈夫保留妇人之仁，能成什么大气！既然在这个位置上，就应该多为继任者想想，尽量减少他们的麻烦。背负点骂名怎么了？只要天下昌盛，你们天天骂我，我都不惧！

咸丰：我等懦弱，无法和皇祖的英明神武相比拟，惭愧！

个人小传

桂良（1785年—1862年），字燕山，满洲正红旗人，瓜尔佳氏，其女嫁与皇六子奕䜣为妻。曾先后担任兵部尚书、吏部尚书、直隶总督、东阁大学士、文华殿大学士、军机大臣。咸丰三年（1853年）九月以兵部尚书授，六年十二月迁东阁大学士。任期三年零三个月。

谭廷襄

捻军助我升官

各位评委、同僚，大家好！

我是谭廷襄，浙江人，我想说两个话题，一是关于大沽炮台失守的反思，一是捻军对我政治生涯的帮助。

当时，英法联军北犯天津大沽口，我以直隶总督的身份密陈朝廷说明天津地方的实际情况：天津战备资源缺乏，粮草不济，战守两难，天津能抵挡一日，京城就可以多筹备一日。我与总督署上下誓与天津共存亡，绝不退缩，力主求和，主动放弃了用战斗的方式死守大沽口。结果，我的这个指导思想导致大沽口炮台轻易地失守，还和英法签订了《天津条约》，严重地损害了国家利益。主战派僧格林沁以此弹劾我，皇帝也责备我胆怯无能，将我革去了直隶总督的职务后充军。

这就是我倒霉的地方。我觉得吧，打不过就别打。大家也知道，那时的军事装备差异实在是太大了，根本就不在一个档次，怎么打呀？所以，我就主张议和，免得生灵涂炭。

倒霉的革职日子并没有多长，我不久便被重新启用，督办陕西团练，后升为山东巡抚，兼署直隶河道总督。这个时候，曹州、东昌等地捻军、长枪会纷纷起义，我带兵到茌平督剿东昌、临清等地的起义军，大获全胜。捻军"黑旗军"首领宋景诗率领部队抢渡运河，我派人对其进行围剿又大获成功。因为起义叛乱的势头不可阻挡，湘军、淮军逐渐建功立业、大放光彩。我结合陕西团练经验之后在山东继续办团练，但这个做法被朝廷的某些人误解，僧格林沁就担心我借办团练而图私利，弹劾我办的团练里举荐的都是自己的人，朝廷对我降三级留任，真是朝中无人不好办事儿啊！

这个时候，山东各州县亏空案曝光，亏空七十一万余两，朝廷命我清理查办。随后，我又带领团练镇压马传山等农民叛乱，生擒捻军首领杨蓬山、张全堂。因为这些军功，我升为刑部尚书、吏部尚书、湖广总督等。

真是宦海沉浮，机遇天佑，跌倒了，我又爬了起来！

谢谢！

乾隆：官迷！老油子谭廷襄！你应该属于那种没有价值观的人，也没有民族气节，更没有爱国情操，只有得过且过、保住高官厚禄的自私想法，要说国家有蛀虫，你就是蛀虫的代言人！

咸丰：没想到这样的人物，后来又被起用了！真是"一切皆有可能"啊。

谭廷襄：两位评委都这么说我啊？呜呜呜……

（这位竟然到现在都没觉得自己有什么不对的地方，趴在讲台上哇哇大哭起来）

光绪：苟且偷生比叛徒更可恶！侍卫！送谭廷襄到咔嚓司。

（两个彪形大汉冲上了讲台……谭廷襄的哭声渐行渐远。）

谭廷襄（？—1870年），字竹崖，山阴（今绍兴县）华舍人。道光十三年（1833年）进士，改翰林院庶吉士。历任刑部主事、郎中、顺天府尹、刑部侍郎等职。咸丰六年（1856年），出任山西巡抚，仍在直隶办理海运。因漕米改折解款之功，升任直隶总督。咸丰六年十二月以陕西巡抚署理，八年三月实授，六月革职。任期一年零三个月。

打不过八国军，就打国内贼

大家好！我是瑞麟，正蓝旗，叶赫那拉氏，咸丰八年（1858年）六月以工部尚书署理，不久回京任户部尚书。署理约十天。

我说两个，一个是"抓住林凤祥"；一个是将老外身上的气撒给国内贼。

"抓住林凤祥"

咸丰元年（1851年），我为镶蓝旗满洲副都统、正黄旗护军统领，三年后进入军机处任职。这个时候，太平军的北伐部队攻入京城，部分驻扎在天津静海县、独流镇，直隶境内的马匪、起义军等更是趁机作乱，局面一片混乱。朝廷命我率兵和僧格林沁一同围剿，我们会攻独流镇太平军，大获全胜！静海县的叛军逃窜到连镇及山东高唐州，我们率兵合击，攻克连镇后，我们抓捕了太平军北伐的首领林凤祥！

这个林凤祥可是太平军的一条大鱼！从咸丰元年（1851年）跟随洪秀全金田叛乱，是洪秀全前期结拜的四十盟兄弟之一。他骁勇异常，独当一面,率领太平军一路从桂林、长沙、武昌、镇江、南昌到天津、山东等地,转战南北,攻城略地,被洪秀全政权封为天官副丞相。

因为抓住了林凤祥,我升为都统,赐号巴达琅阿巴图鲁,授西安将军、擢礼部尚书、兼镶白旗蒙古都统,保住了自己的美好前程!

▏将老外身上的气撒给国内贼 ▏

咸丰八年(1858年),我奉朝廷命令修筑大沽炮台,署理直隶总督。在此期间,我请旨批准增加双港炮台,增调福建战船,招募水师,增强天津水师防御能力。朝廷也命僧格林沁率领部队驻扎天津,分别防守要隘。英法联军再次进攻天津,我奉命率兵驻守通州,僧格林沁战况不利,敌军进入通州。我和斩杀太平军陈玉成的胜保将军在八里桥抵御联军,左右夹击,胜保中炮坠马战败,联军进军京城。我退守安定门外,结果根本无法抵挡住联军的进攻,因而被撤职。咸丰皇帝远逃承德避暑山庄,我跟随左右。议和结束后,我回到京城,和僧格林沁到山东剿匪。

同治四年(1865年),我兼署两广总督,叛匪汪海洋由福建到广东作乱,我与左宗棠上书朝廷请旨福建、广东、江西三省联合剿匪,四面环攻,擒拿汪海洋,平定了叛匪。后来,在广东又连续剿灭新安、潮州、东莞、琼州等地的土匪,自此我牢牢地坐稳了总督的位置!

打不过老外,我还打不过国内这点毛贼? 正好用他们的脑袋来增加自己的政治资本。

谢谢!

同治:瑞麟和左宗棠等一起,为稳定国内的局势付出了很多,不是

我说两个，一个是"抓住林风祥"；一个是"特在老外身上生的气撒给国内的账"。

内忧就是外患,总得有人站出来收拾才是。

镇压太平军、捻军和马贼

大家好，我是文煜，我在直隶总督任上差那么几天就满两年，我的述职主题其实只有一个：剿匪，做政治的消防员。

┃江北江南大营军事历练┃

咸丰三年（1853年）三月，洪秀全的太平天国建都南京，四月攻占扬州。朝廷钦差大臣琦善赶到城外建立了江北大营，对太平军进行堵击，收回了扬州。咸丰四年（1854年），琦善死在扬州，朝廷委派我接替练兵以及江北大营的粮草事宜。我下令修筑了炮台，大有斩获。咸丰七年（1857年），我调任江苏布政使，治理江南大营的粮草。

江南大营是和江北大营同一年设立的，由钦差大臣向荣统领。他率五万清兵从武昌追击太平军到南京孝陵卫，和琦善的江北大营一同围困太平军。咸丰六年（1856年）江南大营被太平军杨秀清、秦日纲击溃。咸丰八年（1858年），钦差大臣和春、提督张国梁统兵二十余万重新组建江南大营，我负责大营粮台。这个"粮台"是行军沿途经理军粮的机构,包含八所：文案所、内银钱所、外银钱所、军械所、火器所、侦探所、发审所、采编所,有前敌粮台、后敌粮台和转运局。这是朝廷为了节制领兵将军、提督等的手段。提督张国梁的部队毫无军纪可言,土匪习气严重,抽大烟嫖娼,吃喝玩乐。因为张国梁本人就是土匪出身,靠着作战勇猛,配合朝廷剿灭太平军而发家,做到了提督这个位置。张国梁部队开支方面巨大,我作为牵制其粮草和银子的官员自然不招他待见,于是他伙同钦差大臣和春弹劾我做事儿拘泥,耽误行军打仗,朝廷下旨让我回到了京城,调任直隶布政使。

▌镇压捻军和马贼▐

捻军是随着太平军叛乱而兴起的一股力量,咸丰五年（1855年）各路捻军在安徽亳州会盟,张乐行任盟主,他们接受太平天国的分封,不接受调动和改编,自行配合太平军作乱。"捻"字来自淮北方言,就是一股一伙的意思,可是这一股一伙已经趁着天下大乱成为了起义部队。咸丰八年（1858年）,捻军一部孙葵心、张宗禹等,转战河南、山东,煽动当地老百姓起义反抗朝廷。我调任山东巡抚,对捻军进行镇压,收回了曹州、安陵等地,并在济宁与捻匪进行了大战,缓解了京师的安全威胁。

咸丰十一年（1861年）,英法联军劫掠北京结束,咸丰皇帝病死在热河,我升任直隶总督。京城马贼作乱,声势很大,长时间没能镇压住,朝廷多次下诏命我对马贼进行搜捕。同治元年（1862年）,捻军降将张锡珠造反,骚扰京师南部,我参与督剿,朝廷认为我督剿不力,将我革职。随后,我跟随僧格林沁出征,担任都统、粮台等职。同治十年（1871年）兼职署理闽浙总督。

这就是我的一生，不消停地打仗，不过临死也没看到和平，真是抱憾终身呐。

谢谢！

毕东坡：有没有想和文煜总督交流交流的？有吗？没有？那继续吧。

个人小传

文煜（？—1884年），费莫氏，字星岩，满洲正蓝旗人。由官学生授太常寺库使，累迁刑部郎中。出为直隶霸昌道、四川按察使。咸丰三年（1853年），迁江宁布政使。咸丰九年（1859年）二月以直隶布政使护理。约护理十天。咸丰十一年（1861年）正月以山东巡抚署理，不久授直隶总督，同治元年（1862年）十二月革职。任期一年十一个月。

崇厚
一个教案一个条约

各位评委、同僚，大家好！

我述职的主题有三个。

天津教案，去法国赔罪

同治年间，我担任三口通商大臣，在天津办公。这个"三口通商大臣"中的三口指的是天津、牛庄、登州三个口岸，是"北洋通商大臣"的前身，管理北方所有洋务、海防事宜。我在这个位置上干了十年。

同治九年（1870 年）四五月间，天津发生多起儿童失踪的案件，短时间内这些案件没能告破。天津人心惶惶，家家户户将自己的孩子看得紧紧地，不敢让他们出门。

进入六月，气温升高，各种流行性的疾病开始传播，天津教堂育婴堂有三四十个孤儿患病而亡，所以育婴堂每天都有孩子的死尸被运出来，一时间成为天津街谈巷议的热点。

老百姓很自然地将儿童失踪的案件和育婴堂大量的孩子死尸联系

起来，怀疑这些死了的孩子就是自家失踪的孩子。于是，那些丢失孩子的苦主就跑到育婴堂埋孩子的坟地里面进行挖掘辨认。这么一来，流言四起，更有人传言教堂的育婴堂专门以小孩子为药引子治病等。一下子民愤高涨，发展到了不可收拾的地步。天津士绅集会、书院罢课，各种规模的反洋教集会进行得如火如荼。

一天，天津数千人围了教堂，教堂的神父首先找到了我这个通商大臣，商议如何应对育婴堂事件并寻求朝廷的安全保护。法国驻天津领事要求我出兵镇压，我没有同意。争执中，不理智的法国领事开枪打伤了在场的刘知县的仆人。天津民众被彻底激怒了，当场杀死了法国领事和他的秘书，焚毁教堂，破坏活动持续了三个小时左右。

教案发生后，朝野震动，朝廷采取了一系列惩罚核心闹事者的措施，同时派我这个主管通商的大臣到法国赔罪。说实话，这哪是什么好差事儿！当初民怨沸腾，而教案的处理基调是妥协求全，向列强示弱。我去法国火车轮船的颠簸且不必说，那种被国人谩骂的结局实在是委屈。

▎天津机器制造局——我的弱项▎

我担任三口通商事务大臣后，朝廷派我筹办天津机器制造局。这可不是人人都能干得了的活。全都是因为我在担任三口通商事务大臣时，提高了能力，积累了经验。朝廷考虑到近代军事工业都掌握在汉族官僚手中，害怕造成"外重内轻"的局面，决定要把朝廷的重工业制造抓在满人手里。但是我不懂洋务，就委托英国人密妥士总管这个制造局的筹办事宜。筹备了三四年，耗资不少，但进展不大。这也说明知识的重要性，我们没有相关的知识也缺乏相关的国内人才，所以一切进展都得听洋人的。哪些费用该花哪些不该花根本没办法控制，到底洋人操办的进度快还是慢，操办的方向对不对都无法判断。直到后来，李鸿章接管天津机器制造局，辞退了密妥士，进行大范围地整顿后才让天津机械制造局成为了北方的"洋务"中心。我只做了一些相关的前期工作，说起来惭愧。

花钱搞定里瓦吉亚条约

光绪四年（1878 年），左宗棠进兵伊犁，他乘着俄国有战乱，要求俄国退出库尔扎。左大人想为朝廷多收复一些国土。俄国人没有正面与左宗棠交锋而是选择多次对朝廷施压，威慑朝廷让朝廷阻止左宗棠的雄心壮志。朝廷派我去俄国与沙皇谈判，我没有上过战场，对列强们习惯了和气相处，哪怕是牺牲点国家利益也无所谓，为的就是求个平安无事。在沙皇的威逼利诱下，我贸然与俄国签订了《里瓦吉亚条约》，许给了俄国更多的利益，将左大人收复的伊犁周边的国土让给了俄国。条约签成，朝野一片哗然，汉人督抚左宗棠、张之洞等人上书弹劾我，骂我是卖国贼，朝廷大怒，我因此锒铛入狱，被判了斩监候。后来朝廷多方交涉才争回伊犁南路七百余里国土，《里瓦吉亚条约》的事情才告一段落。我为了活命，家里凑了三十万两白银支援给了国家的军队使用，朝廷看在我多年奔波辛劳才赦免了我的罪过。这事情说来丢人，我也不多说了。

谢谢大家！

李鸿章：人生就要做自己擅长的事情，自己不擅长的不要勉强为之。崇厚是被朝廷委派，这也是满人不信任汉人的顽疾，花钱又不见效。不过，那个时候，有多少冤枉银子浪费了？这个无法估计，也不要去估计

我述职的主题有三个：
天津教案，击法国赔罪
天津机械制造局
里乞查亚条约，花钱赎罪

了。寒心呐!

光绪: 我们连变法都成功不了,搞那些能救国? 没有政治支持,搞些枝节就是白费工夫!

同治: 朝廷内忧外患,外交上无法强硬,一个接一个的起义叛乱,一个接一个的条约,惨啊。

个人小传

崇厚(1826年—1893年),完颜氏,字地山。内务府镶黄旗人。河道总督麟庆之子。道光举人。历官长芦盐运使、兵部、户部、吏部侍郎,三口通商大臣,署直隶总督、奉天将军。同治中,办畿辅葛沽、盐水沽、邢家沽垦务。参加过洋务运动,曾开办近代军事工业天津机械制造局。同治元年(1862年)十二月以兵部尚书署理,二年三月调任盛京将军。署理三个月。

刘长佑

应先发制人攻击日本

大家好！我是刘长佑，我想和大家说几个话题。

┃ 应先发制人 ┃

因为国家形势和治军需要，我对兵书及军事历史下苦功夫研究。我们国家处于内忧外患的境地，不是单纯地镇压国内反叛势力就能天下太平的，列强们都觊觎我们这块大肥肉，特别是日本。对于日本的不安分和野心我早就敏感地觉察到了，一直坚信日本迟早会对我们动手。日本明治维新，大力发展军事，特别是海军，侵略成性的日本国早就违背了国际公法，多次侵入朝鲜，想通过这个跳板对我们进行攻击。在这种情形下，我们就应该提前攻击日本，趁着他们羽翼不够丰满，我们胜算很大，可以一举免除后患。况且，朝廷多年发展洋务，完善海防，练习水师，修筑炮台，购置战船枪炮，正是练兵的好时机。

在光绪七年（1882 年，与中日甲午战争相距 12 年），我将攻击日本的具体计划上呈朝廷，建议朝廷启用有威望的统帅从东三省起兵，由松花江兵临库页岛,另一支进入朝鲜从西侧对日本进行攻击,同时宁波、定海的水师直驱长崎岛! 北西南三方位攻打日本万无一失! 可惜,我的建议没有被采纳。后来,被我说中了吧? 这酿成了多大的祸事啊!

妥善处理土司问题

自古以来,边民都是很难治理的。元明清三朝西南边疆就长期实行土司制度。我们楚军驻扎广西,会直接面对这些问题。虽然从雍正朝鄂尔泰就开始实行大规模的改土归流,但大量的土司还是保留了下来。面对这些土司,我们软硬兼施,不能调解的暴政土司坚决惩治,如南丹州土豪莫云义借办团练骄横跋扈,我们便派兵将其擒获,并处以极刑,百姓拍手称快。后来,我们又应当地百姓的要求,对他们进行改土归流,重新划分土地,派驻流官,驻扎军队,设立学校。我软硬兼施,打击豪强,为西南边陲的社会稳定做了很多工作。

提倡文教,改造民风

广西桂平是太平天国起义的源头。因为当地文化教育普遍落后,文庙祭祀等废弛已久,多次科举考试被取消,读书人没有了出路。"穷则思变",好多人都走上了叛乱之路。针对这些情况,我命人重修考棚,着手举行乡试。考虑到贫穷学子若赶赴南宁科考,路途遥远,缺少路费,极为不便,我命人在镇安建立考棚,以方便考生就近赶考。对于科考经费不足的问题,我与其他官员进行捐助,以科考的正面影响力来树立朝廷的威信。

广西的拜上帝教等各种秘密会社相当活跃,我对于这些有反叛思想和迷信意味的会社坚决取缔,对会社的老百姓们进行开导,扭转当地沿袭的"女人耕地男人懒惰"的习俗。移风易俗需要时间,人们的观念很难改变,我作为总督自然要从这些方面着手,努力让老百姓们过上正常的生活。

谢谢大家!

(雍正、乾隆、道光、光绪、咸丰一同亮出了满分!)

雍正: 刘长佑这么具有战略意义的长远眼光,真乃真知灼见呀!可惜,爱新觉罗的后人不争气,都是等着挨打的贱人!泱泱大国,反倒被小日本、法国佬等糟蹋了!

光绪: 可惜,我那个时候就是个摆设,就是有心开战也没人听呐!

咸丰: 唉,都是我的错,谁让我娶了那个叶赫那拉呢。

毕东坡: 我们恭喜刘长佑,一共获得五个满分!这是对你人生的肯定,不容易啊。

个人小传

刘长佑(1818年—1887年),字子默,号印渠。湖南新宁人。初在湖南办团练。1852年以拔贡随江忠源率乡勇赴广西镇压太平军及天地会起义。次年春因扑灭浏阳征议堂会众起事,擢知县,旋升同知。同治二年(1863年)三月以两广总督改任直隶总督,六年十月革职。任期四年零八个月。

官文

满人最后的风光总督

大家好！我是官文，正白旗，同治六年（1867年）十一月以文华殿大学士署理，七年七月卸任。署理八个月。

我说三个方面吧。

▌八旗绿营▐

我最初是个"拜唐阿"，这个称呼现代人肯定知道的很少，可以作为电视上竞猜活动的试题了。"拜唐阿"是对无品级的管事儿的人的称呼，待遇高于绿营步兵，提升的话就是"笔贴式"。这笔贴式只是针对满人的，也就是军队单位里面的翻译类文秘。我就是从拜唐阿升为蓝翎侍卫，后来任荆州将军，调任湖广总督。

在湖广总督任上，我掌管八旗绿营。我们满人靠着八旗军入关，入关后，面对广域的领土，八旗军的数量根本无法维护统治。于是朝廷招降明军，招募汉人组织军队，以绿旗为标志，以营为单位，称为"绿营兵"。绿营完全由汉人组成，实行世兵制，即父亲死了儿子接班补充名额。由汉人统帅,最高级别为提督,其次为总兵、副将、参将、游击、都司、守备、千总、把总等。入关后,八旗军逐渐腐化丧失战斗力,绿营兵逐步成为朝廷倚重的常用兵力。但这种家族世代接班制的绿营兵经过很长一段时间后,也逐渐腐化松弛,不会射箭、不会骑马、上阵就腿软的人很多。我就是领导着这样的军队坐镇湖广的。

▎平叛封侯 ▎

我赶上了太平天国洪秀全等造反,与朝廷分庭抗礼,于是我与曾国藩一同追剿他们。曾国藩的湘军会左突右杀,杀出血路,绿营兵做好相应的配合就好。我媳妇的干哥哥胡林翼这个文武双全的好帮手,是我的好参谋,也是我与曾国藩、左宗棠等人之间的润滑剂,让我与这些汉军领导相处得比较愉快。平定太平天国后,朝廷封我为二等侯及直隶总督,职位仅次于曾国藩,比收复台湾的施琅还高一级。施琅是三等靖海侯。

▎输给汉人督抚 ▎

虽然曾国藩、左宗棠等人练兵是为了围剿太平军,但作为满人出身的省级最高官员,我从骨子里还是对汉人有所排挤,找了不少曾国藩的麻烦,有机会就排挤他一下。左宗棠更是让我抓住了把柄:有人向我汇报他曾在太平军石达开的部队任职过。我就上报朝廷,请旨斩了他,可是朝廷没有搭理我的奏请,汉人的势力开始逐步掌控了朝政。太平天国、捻军被镇压后,曾国藩封侯、左宗棠封伯(收复新疆后晋升侯爵)、曾国荃封伯、李鸿章晋升侯爵,一大批汉人占据了总督以及军机大臣的位置,我们满人败给了汉人。后来，因为镇压捻军不力，我又被曾国藩、左宗棠联名参劾丢掉了总督的职务。

我也知足了，人无完人，我自认自己是个庸人，可是我遇到了贵人，让我成为最优秀的庸人。我也可以说是满人最后的风光总督，从我之后，天下的总督基本上都是汉人了。我活到这个份上，够了！

谢谢！

雍正：满汉一家，你却到了这个地步还在排挤汉人，和汉人分得那么清。没有汉人的力量，八旗军能行吗？就是国家倚重的绿营兵也是汉人组成的！但看到时局发展到如此地步，官文能与汉人杰出的军事人才合作，维护了统治，我给官文这个"最优秀的庸才"一个满分！

咸丰：满分！
嘉庆：满分！

个人小传

官文（1798年—1871年），王佳氏，字秀峰，满洲正白旗人，道光初由拜唐阿补蓝翎侍卫，擢荆州将军、湖广总督。咸丰十年（1860年）拜文渊阁大学士。同治三年（1864年），升入满洲正白旗，后历直隶总督、内大臣。

曾国藩
处女座的性格，屠夫的心

大家好！我是曾国藩,同治七年（1868 年）七月由两江总督改任,九年九月调回两江总督。任期二年零二个月。

我把人生弄得到处都是理论和实践的结合,搞得自己很累。又得总结,又得思考,"修身,治国,平天下"三者都力求完美。追求完美的人本身就很累,我就是处女座的性格,屠夫的心! 喜欢我的人应该是真心地佩服,恨我的人也会一恨到底,我就是一个两面性格的人,一手拿着屠刀,一手拿着毛笔,鲜血和墨汁同时融入我的人生。

▌找对你的梯子▐

现代社会里,流行着一句话:学好数理化,不如有个好爸爸。这话说得不是一般的对,简直就是很对! 我们都是科举里面走出来的,考个功名为什么? 不就是为了当大官办大事成大名吗? 有了这个共识,那就要努力缩短自己的这个进程,找一个能迅速让自己上升的梯子!

我科考的那个时候,最合适的"梯子"就是穆彰阿,他是多年的主考官,考生几乎都是他的门人,我自然也是了。我在虚岁 28 岁时,道光十八年 (1838 年) 殿试考中了同进士,从此之后,一步一阶地踏上仕途之路,并成为军机大臣穆彰阿的得意门生。在京十多年间,先后任翰林院庶吉士,累迁侍读,侍讲学士,文渊阁值阁事,内阁学士,稽查中书科事务,礼部侍郎及署兵部,工部,刑部,吏部侍郎等职。我就是沿着这条仕途之道,步步升迁到二品官位,十年七迁,连跃十级。

第一个十年,是我很精彩的十年,六部中五部里我都干过副手,这为我日后的发展积累了深厚的综合素养,这些都是甘泉!

▎"曾剃头来了!"▎

我在京为官十年后,太平军叛乱导致天下大乱。世袭体制下的八旗绿营兵丧失战斗力,根本无法抵御猛如狼虎的太平军。朝廷在危难之际想到了其他地方武装,比如乡勇团练,只要能配合朝廷剿匪,朝廷就给予支持。这是难得的建功立业好时机。咸丰三年 (1853 年),我用足了自己的人际关系在家乡湖南一带建立了一支地方团练,号为湘军。我们湘军纪律严明,而且人才济济,胡林翼、左宗棠、李鸿章等都是博学多才、独当一面的人才。有朝廷的支持,有凝聚的士气,湘军威武之师于 1854 年倾巢出动,大举反击太平军。

一将功成万骨枯,古语说得有道理,文人可以靠笔杆子指点江山、风花雪月,武将唯有手握刀枪金戈铁马,在血雨腥风中成就自己的功勋。太平军叛乱,从广西桂平开始一路北上杀伤无数,无数的百姓惨遭横祸。我们湘军也必须面对杀戮,而且是大量的杀戮,因而对待太平军用刑严酷,基本上都是格杀勿论。在太平天国统治中心南京,人们对我的负面宣传很夸张，说我是"曾剃头"、"曾屠夫"，而且还用这个称呼吓唬不听话的孩子。我就这么被太平军统治势力和南京人妖魔化了，我从一个科举入仕的文人官员转型成战无不胜攻无不克的湘军统帅，成为妇孺害怕的"曾屠夫"，成为匡扶危局的能臣。因为战功赫赫，我被朝廷破格封侯，也就是这个时候，我开始任直隶总督一职。

▍天津滑铁卢 ▍

但是在担任直隶总督期间，遭遇了自己的滑铁卢。同治九年（1870年），正在直隶总督任上的我奉命前往天津办理天津教案。教案的具体情况崇厚已经说过了。到天津详细了解完教案的情况后，我首要的任务就是平息事件。避免因为这个事件发展成为国与国的战争，我们国内动乱仍未彻底平息如何能惹得起这些列强呢。根据法国要求，我决定将教案首要的18人处死，其余25人充军流放，并将天津知府张光藻、知县刘杰革职发配黑龙江，赔偿法国人白银46万两，另派三口通商大臣崇厚赴法国道歉。

我这么处理稳住了法国，避免了更大的国际纠纷，可是却惹怒了天津老百姓和国人。他们认为我软弱无能，对法国人卑躬屈膝，冤杀老百姓，冤枉知县刘杰等人，骂声一片。朝廷看到民愤更浓对我也诸多不满，嫉妒我功勋的朝臣更是巴不得一棍子将我打死，就连我湖南的同乡也把湖广会馆夸耀我功名的匾额砸烂焚烧……

当时的环境就是如此，我不这么处理，该怎么处理呢？清剿捻军不力，处理教案挨骂，我的好时候过去了，此时不退何时退？所以我主动退出政坛将舞台交给我的学生李鸿章……唉，不想讲了。

谢谢！

穆彰阿：我为有这样的学生而感到骄傲,说明我的眼光没错,提拔得对！多几个曾国藩,我大清就有希望了!

同治：为曾国藩侯爷带来的大清"同治中兴"加一个满分!

光绪：给曾国藩总督加个满分!

雍正：如果年羹尧能像曾国藩这样,也就不至于后来那么不愉快了!看来不在乎功劳大小,在乎的是个人的修养啊!曾国藩总督,方便的话,把你的著作送给我读读吧。

曾国藩：荣幸,荣幸,臣整理整理,给雍正皇帝送去。

乾隆：我也要一份!

嘉庆：我也要!

……

毕东坡：看来评委们对曾国藩总督的著作很感兴趣。这样吧,曾国藩总督准备一份就行了,秘书处负责复制整理,给各位评委送去。

我力求"修身，治国，平天下"，三者都完美。喜欢我的人应该是真心地佩服我，恨我的人也会一恨到底，我就是一个两面性格的人，一手拿着毛笔，一手拿着屠刀，鲜血和墨汁的融汇就是我的人生。

个人小传

曾国藩（1811年—1872年），原名子城，字伯涵、居武，号涤生。湖南湘乡人，进士。嘉庆十六年（1811年）出生于湖南长沙府湘乡荷叶塘白杨坪（今湖南省娄底市双峰县荷叶镇天坪村）的一个普通耕读家庭。兄妹9人，曾国藩为长子。6岁时入塾读书，8岁能读八股文诵五经，14岁时能读周礼、史记文选。道光十二年（1832年）他考取了秀才，随后在虚岁28岁时，道光十八年(1838年)殿试考中了同进士。1864年，湘军在其弟曾国荃的率领下攻下天京，成为镇压太平天国的功臣。

太平天国失败后，太平军在江北的余部与捻军汇合，清廷命曾国藩督办直隶、山东、河南三省军务。曾国藩带领湘军二万，淮军六万，配备洋枪洋炮，北上"剿捻"，他的方针是"重迎剿，不重尾追"，并提出"重点设防"等计划，妄图把捻军阻击在运河、沙河地区，使捻军无处可逃，然后加以消灭。但是捻军突破了曾国藩的防线，进入山东，使曾国藩的战略计划全部破产。曾国藩被免职，由李鸿章接代。

同治十一年二月初四(1872年3月20日)在南京病逝。朝廷赠太傅，死后被谥"文正"。

李鸿章
"全权大臣" 专业户

大家好！我是李鸿章，安徽合肥人，三次担任直隶总督，合计 24 年零 3 个月。从任职年限上讲，我是当之无愧的第一！

丁未四君子

科举考试自古都有"门生"这个惯例，在考试之前拜一个好老师，考中后还可以成为仕途上的帮衬，"老师带徒弟，做官更顺利"。因为我父亲和曾国藩是同榜进士及第，所以我在京城拜曾国藩为师。考中进士入了翰林院后进一步受到曾老师的教诲，他教我做文、做人、做事儿。曾老师目光如炬，将我和同中进士的郭嵩焘、陈鼐、帅远铎称为"丁未四君子"。我被曾老师培养成天下督抚，郭嵩焘从曾老师幕僚成为驻外领事，陈鼐从曾老师幕僚发展为直隶河道总督，帅远铎也成为湘军一员官居道元，但不幸被太平军杀害。我们"丁未四君子"得遇恩师，都得以建功立业。

▎淮军 ▎

淮军晚于湘军,脱胎于湘军。湘军数量有限,仅仅局限于湖南,不能成为辐射全国的军队,还需要在其他省份进一步招募发展,才能够多方面地应付当时的局势。

咸丰十一年(1861 年),太平军进军上海,驻守上海的朝廷军队不堪一击,也没有外援,上海的士绅们派代表向我的老师曾国藩求救。但湘军驻扎安庆,无法抽调部队支援上海。在这种情况下,老师曾国藩便派我招募淮地兵勇,按照湘军的制度去练兵。同治元年(1862 年)二月,我在安庆编成六千多人的军队,称"淮军"。这支军队抵达上海,购置洋枪洋炮继续扩充,对抗太平军。随后,淮军先与捻军作战,后又北上成为北洋水师的主力。

我也以淮军势力为基础,出任直隶总督兼北洋大臣,掌握了国家外交、军事和经济大权。张树声、刘秉璋、刘铭传等是我们淮军的杰出将领,成为淮系军阀。有这些将领支持,我可以放心地在朝廷甩开膀子去干!

我在此要特别感谢老师曾国藩,感谢朝廷对我的信任,感谢那些跟着我出生入死的兄弟们!

▎洋务 ▎

我任直隶总督兼北洋大臣,充分调配职务的资源,同时物色了一批实干的洋人和国内的相关人才开展洋务运动,如丁日昌、盛宣怀等。我们投入大量的资金,用西式装备武装了北洋水师。军工制造不能只靠进口,要发展我们自己的军事工业。制造局要分布国内各地,以满足后续的军队需求。英国人马格里被我北洋雇佣，与直隶州知州合作创办松江洋炮局，韩殿甲、丁日昌分别在上海创办另外两个洋炮局，合称"上海炸弹三局"。这些奠定了北洋军事工业前期的基础。

同治四年（1865年），在老师曾国藩的支持下，北洋收购了上海虹口美商铁厂，与韩殿甲、丁日昌的两局合并成为江南制造局。苏州机器局迁往南京，扩建为金陵机器局，与此同时接管了崇厚创办的天津机械局，并扩大生产规模。这样国内四大军工企业我们北洋就占据了三个，另外一个是左宗棠、沈葆桢创办的福州船政局。

后来，我又创办了各类民用企业，包括铁路、矿业、纺织、电信等各行业。在经营上，我采取官督民办，产生效益后逐步官商合办，以此缓解朝廷的资金压力，用足民间资本，大力推动洋务发展。

▎"全权大臣"专业户 ▎

在每次需要谈判或者签字的外交事务中，慈禧太后都会把我推出来，作为"全权大臣"，我都快成这个的专业户了！

比如在办理完天津教案后不久，我代表朝廷与日本签订了《中日修好条规》，这是一个双方平等互惠的条约，但我从签约时日本人的姿态中，看出日本"日后必为中国肘腋之患"。果然，三年后日本出兵侵占台湾，我积极调动驻军前往台湾，与日本签订了《中日台事条约》，但后来日本还是于光绪五年（1879年）占领了台湾。

光绪九年（1883年），中法战争在越南境内打起来了，朝廷命我统筹边防战事。我认为全国各省海防方面缺兵少钱，又没有像样的水师，怎么能与欧洲列强们开战呢？我先与法国驻华公使签订了《李宝协议》，可是法国立即反悔,我又与法国驻日本公使洽谈。中法战争胶着之际,慈禧太后改组军机处,原来强硬的主战派没了话语权,主和派掌控了朝政。经过多方斡旋,我才最终与法国签订了《中法会订越南条约》,结束了这场战争。我们退出了越南,并且将中越边境对法开放。

光绪二十一年(1895年)二月十八日,我受命,作为全权大臣赴日本议和。尽管行前清廷已授予我割地赔款的全权,但我仍期望能争一分利益就争一分利益,与日方代表反复辩论。在第三次谈判后,我在回住处的路上遇刺,伤了头部,世界舆论哗然,日方因此在和谈条件上稍有收敛。最终谈判时的条款是:中国赔款二亿两白银,割让辽东半岛及台湾澎湖等。日本表示不再让步,二十三日,我代表朝廷在《马关条约》上签了字。

后来,我还签了更丧权辱国的《辛丑条约》。想想这些经历,我真的感觉累了,真的很累很累。

谢谢!

光绪: 李鸿章辛苦了,面对那个时候的难题,你尽力了,我也尽力了,可惜我们没能成为有缘分的君臣,一直没有好好地配合过呐。

袁世凯: 李中堂鞠躬尽瘁,为大清立下了汗马功劳,不愧为国家倚重的重臣呐。

光绪: 我给李中堂一个满分!

雍正: 我给李鸿章一个满分!

乾隆: 我跟一个!

嘉庆: 我也给一个满分!

我任直隶总督兼北洋大臣，掌握了国家外交、军事和经济大权。成为"全权大臣"，老业户。

李鸿章（1823年—1901年），字少荃，安徽合肥人，进士，任直隶总督25年，本名章桐，字渐甫，晚年自号仪叟，别号省心，谥文忠，安徽合肥人。中国清朝末期重臣，洋务运动的主要倡导者之一，淮军创始人和统帅。官至直隶总督兼北洋通商大臣，授文华殿大学士，在日本首相伊藤博文的眼中，被视为大清帝国中唯一有能耐可和世界列强一争长短之人。著有《李文忠公全集》。

李鸿章对自己作出以下的总结："我办了一辈子的事，练兵也，海军也，都是纸糊的老虎，何尝能实在放手办理，不过勉强涂饰，虚有其表，不揭破，犹可敷衍一时。如一间破屋，由裱糊匠东补西贴，居然成一间净室，虽明知为纸片糊裱，然究竟决不定里面是何等材料。即有小小风雨，打成几个窟笼，随时补葺，亦可支吾对付。乃必欲爽手扯破，又未预备何种修葺材料，何种改造方式，自然真相破露，不可收拾，但裱糊匠又何术能负其责？"

张树声

抗日援朝

大家好！我是张树声，合肥人，淮军将领，是李鸿章老师带出来的兵，在李老师回去办理母亲丧事期间，我署理了一下直隶总督，共一年零三个月。

机遇加上自身的努力，成就了历史上的我！

▌三山团练 ▌

"三山团练"是指周公山下的我们张家、大潜山周围的刘铭传和董凤高、紫蓬山下的周盛波兄弟，以三座山为号，各自组建起来的团练部队。我和父亲张荫谷，以及弟弟树珊、树屏、树槐等在周公山殷家畈修筑堡垒营寨，招募乡勇，开始兴办团练，逐步发展壮大我们的张家军。我们多次配合李鸿章率领的团练在合肥一带围攻太平军，给了太平军沉重的打击。

同治元年（1862年），李鸿章令我召集刘铭传、周盛波兄弟、潘鼎新、吴长庆等团练首领到安庆拜见团练权威人士曾国藩大人。我们将各自的团练情况向曾国藩做了汇报,获得了曾大人的肯定。曾大人命令我等回乡集结团练,按照首领名号编为"树字"等营,组成"淮军"开赴上海,完善武器装备后抵抗李秀成部太平军。我们一路都打胜仗,随后我被调任直隶按察使。

▌抗日援朝▐

因李鸿章大人丧母归葬,我代理直隶总督兼北洋大臣职务。正好遇到朝鲜内乱,史称"壬午内乱",是由韩王的父亲与韩王王妃闵氏家族争夺统治权而导致的。日本驻朝鲜公使趁乱率领500名匪徒侵入朝鲜,想借机获得朝鲜的控制权。朝鲜王室向朝廷求援,我便派遣吴长庆率淮军从山东入朝鲜平叛。在这次平叛中,24岁的袁世凯表现出了杰出的才能,使韩王及闵氏家族重新控制了朝鲜。日本吞并朝鲜的企图破灭,我们东北的国土也得到了保护。对待日本人,绝不能拖延,就要乘胜打击,坚决清除,否则贻害万年。抗日援朝是我在总督任上做得最对的一件事情!

就这些,谢谢!

李鸿章:张树声"树字"营,是淮军14个营头之一,没有树生的帮助,我的团练就不会那么顺利。张树声等,你们是淮军的骄傲!

张树声:大帅训示得有理,我等永远跟随大帅!

(帅和将之间的交流,依旧这么军事化。)

光绪:我给张树声一个满分,打日本人打得好!打法国佬打得好!

张树声（1824年—1884年），字振轩，安徽合肥人，汉族，廪生出身，清末淮军将领。历任道台、按察使、布政使、巡抚、总督、通商事务大臣等职，是地主阶级开明派代表人物，提倡"采西人之体，以行其用"。光绪八年（1882年）三月以两广总督署理，九年六月回任两广总督。署理一年零三个月。

王文韶
迟来的北洋海防建设

大家好！我是王文韶，浙江仁和人，光绪二十一年（1895 年）正月由云贵总督调任直隶总督，二十四年四月召回京。任期三年零三个月。

我在担任直隶总督期间，主要为朝廷海防方面做了一些事情，同时也对海防进行了一些思考。我与之前述职的总督们都是一个时代的，战乱、洋务、通商等都是共同经历，别的总督已经将这些说得很全面了，我就不啰唆了，我的述职就重点说海防方面的事情，同时也简单说说维新变法。

北洋海防建设，迟来的爱

从设立三口通商事务大臣开始，朝廷就大规模地重视起海防建设来。这么说，并不是否定之前的海防建设，而是说在朝廷上下认识上的区别。从清朝建立以来，海防上面基本上长期采取禁海的政策，只是有编制的水师，但是从水师人员配置上、舰艇建造上、炮台设立上等都是被动的，可以说是应付的。等到鸦片战争爆发，英法联军攻进紫禁城，清政府才开始真正地认识到没有强大的水师是无法守护国门的,才看到我们的军事设施是不堪一击的。

由此,朝廷才开始了大范围地设立机械制造局、铁厂、造船厂等。并聘用外国老师来提供技术支持,选派人员到国外学习水师方面的知识,大量地雇佣外国工程、矿物、翻译、外交以及海军方面的培训老师等措施。这些外国人大量地分布在和水师相关的厂子里、战舰上,依托他们的先进知识迅速地对国内的水师 "拔苗助长"。虽然,我们有刘步蟾、蒋超英等有留学英国经验的船政专业学生,但是他们都太稚嫩,必须要有经验丰富的外国老师传帮带才能培养出能真正适应海上战争的水师来。这么严肃的海防建设在我们迫不及待的情况下迅速 "补课",对于火烧眉毛的沿海形势来说,我们的海防建设可以说是真正的 "迟来的爱"!

┃亡羊不能补牢,教训何在┃

在海防上,我们再如何建设都无法抵挡侵略者的脚步,他们大摇大摆地打进来,拿点东西走了,然后饿了还可以接着进来,甚至还要成群结队地进来,就像逛他们自家的花园似的。而我们的朝廷呢,不是躲到热河假装狩猎就是跑到西安假装西巡,这个 "西巡" 我是跟着慈禧太后和光绪皇帝去的,我背着军机处的印信,看着身后的北京越来越远,八国联军的脚步声越来越近,真是百感交集呀!

我们的海防战略太过保守!一是我们坚持 "单纯守口" 的策略,只守着要口,不强调对海洋的控制权,只想着如果外敌登陆就用陆战优势歼灭。因此,我们主动扔掉了外围的主权岛屿,任由外国侵略者在我们的海域里自由徜徉,不慌不忙地对我们进行攻击。二是我们在海防的整体布局上,眼光只集中在京师附近的口岸,如大沽口、旅顺、凳莱一带,其他边远的口岸都没有去顾及。整体上朝廷在外围的海域都失去了制海权,这注定了我们在海战上是被动的!

支持维新变法,我的志向

中日甲午战争之后,国家更加衰弱,维新变法运动便如火如荼地在全国大地席卷而来,各种新思潮一下子如同雨后春笋般。我内心也很渴望维新,通过维新能拯救朝廷,那自然是一个臣子的心意。于是,我也行动起来,捐银5000两资助北京强学会和张元济的通译学堂,支持严复在天津创办的俄文馆,对严复开办的《国闻报》睁一只眼闭一只眼,给他们发挥的空间,让严复等畅所欲言。同时,在戊戌政变发生的时候,我也秘密提醒严复离开京城避难……这些微不足道的事情就是我这个老臣最后能做的事情。

就到此吧,谢谢!

光绪:北洋水师一战全军覆没,我们多年建设的海军就是纸做的!当然,我有什么想法也不能很痛快地去实现,皇室宗亲们依旧在寻欢作乐。水师建设缺人、缺钱、缺军舰、缺炮弹,无力挽回了。

雍正:没有掌握实权,想干什么都难,我当初那么强势,搞点新政都磕磕绊绊的,何况要搞变法呢?

个人小传

　　王文韶（1830 年—1908 年），字夔石，号赓虞，浙江仁和人，进士。光绪二十年（1894 年）九月以刑部尚书署理，同年十二月离任。署理三个月。光绪二十一年正月由云贵总督调任，二十四年四月召回京。任期三年零三个月。光绪三十四年（1908 年）死，谥文勤，赠太保衔。

荣禄
戊戌政变再造垂帘听政

大家好！我是荣禄，慈禧的表哥，光绪二十四年（1898年）四月以大学士署理，五月授，八月召回京。任期四个月。

我和大家聊得多一些，不过不会很长，大家应该感兴趣。

▌表哥表妹▐

大家可能觉得这个称呼属于普通老百姓的专属，其实不然，太后她也是人呐。兰儿是我表妹，她一家当初护送父亲灵柩从安徽回京的途中，因为没有钱，凄惨得一家人欲自决，还好有一名知府吴棠错送了300两银子才得以解困。回到北京，她变卖部分祖宅才得以维持生活。这段时间，兰儿一家的生活比较困苦，也没有什么亲戚愿意和他们往来。而在兰儿进宫被封了贵人之后就不同了，大把的亲戚开始对他们家人好，我家就是这个时候开始与他们走动的。随后兰儿怀上皇子，她也趁势向皇帝提出把自己的妹妹嫁给皇帝的七弟，皇帝也赏脸让她妹妹做了嫡福晋。

大家看，我长得帅吧？慈禧也是天生美人，加上我们又有亲戚关系，互生好感和情愫很自然。我们想做"韩德让和萧燕燕",可是,韩德让他们能公开同居,我们却不能! 在辛酉政变中,我手里有兵权,全力支持兰儿,这个没得说!

我承认慈禧47岁怀的孩子是我的! 太后并不是天生如钢铁一般强势,一个没有家族背景的女人,统治了整个中国,总得有一个男人做她的精神支柱的,这个人就是我! 太后的一生是寂寞的,拥有爱情更是只有极短的日子,何况她对咸丰并没有爱情,只是为了争宠。我们自小相识,在宫里、朝廷里又互相扶持,我也曾以侍卫的身份长期在兰儿身边守护。

(这个时候,咸丰皇帝再也坐不住了,同治、光绪也满脸的怒容)

咸丰(站起来,用手点指荣禄):荣禄! 你敢给我绿帽子戴,我砍了你!

光绪和同治也失控地大喊:荣禄! 你不要胡乱炒作自己! 闭上你的乌鸦嘴!

侍卫们赶紧上来控制秩序,应急医疗小组赶紧给他们三位打了"止怒针"和"开心针"。过了五分钟药效发挥作用,三人呈现出了和刚才截然相反的表情。

雍正:看来这叶赫那拉氏就是"绯闻"制造专家,唉! 荣禄继续吧。

荣禄:你们生气我也不怕。本来嘛,故宫里哪有爱情啊? 虽然有花园美景,终究是牢笼呐! 我接着说吧。

┃ 戊戌政变 ┃

光绪皇帝起用康有为、谭嗣同等参与新政实行变法的时候,慈禧太后担心权力失衡,便起用我为文渊阁大学士、直隶总督兼北洋大臣,统帅董福祥、聂士成、袁世凯、宋庆的各路新军，还有我自己组建的中军。我与太后密议，在太后和皇帝天津阅兵的时候借机废黜光绪。而这个时候维新派撺掇袁世凯在阅兵的时候杀掉我，袁世凯把这件事情告诉了我，这样大家都挑明了各自的目的。那么，我们就先下手为强了。太后获悉的第二天便发动了戊戌政变，将光绪皇帝囚禁于瀛台，大肆捕杀维新派。太后重新执政，国家又回到了原来的秩序中。

关于变法，我不是不支持，我只是认为维新派的变法条款许多方面与朝廷的实际情况不相匹配，无法执行。维新一派对于变法和改革想得过于简单，他们也不懂政治，对光绪的权力估计过高，迟早都会失败的。

▍荐保袁世凯 ▍

1895年，我被任命为兵部尚书兼步军统领、总理衙门大臣。经历过诸多战乱后，朝廷控制的兵力很弱，湘军、楚军、淮军培养起来的将领和部队多为汉人控制，时间一长会给朝廷带来威胁。朝廷为安全起见，还是要建设自己的新军。李鸿章靠着淮军势力掌控朝政，作为慈禧太后亲信的我更要在练兵上有所作为才行。我对淮军进行逐步削弱，拉拢淮军将领，形成新的势力。淮军系袁世凯在平息朝鲜内乱中表现突出，年轻有为，我就举荐他出来练习新军。既然袁世凯是我举荐的，我就要对他进行多方面的保护，有御史弹劾他，我替他摆平，让他死命为朝廷效力。可是啊，推荐和保举袁世凯也许是我最大的错误，这也不是我能掌控得了的。我们这一代都老了，李中堂也走了，朝廷总得有人来撑着。提拔后人我做了，是对是错听凭历史评说吧。

外孙宣统

太后为我的女儿"指婚",嫁与醇亲王载沣为福晋。关于让我与醇亲王结亲一事,太后的用意是很深的。原来戊戌变法之后,太后对醇王府颇为猜疑。据说醇王(奕環)墓地上有棵白果树,长得非常高大。不知是谁在太后面前说,醇王府出了皇帝,是由于醇王坟地上有棵白果树,"白"字和"王"字连起来不就是"皇"字吗?引起她猜疑的其实不只是白果树,还有洋人对于光绪和光绪兄弟的兴趣。

庚子之乱后,联军统帅瓦德西提出,要皇帝的兄弟做代表,去德国为克林德公使被杀一事道歉。载沣到德国后,受到了德国皇室的隆重礼遇,这也使慈禧深感不安,加深了心里的疑忌。洋人对光绪兄弟的重视,是比维新派康有为更叫她担心的一件事。为了消除这个隐患,她终于想出了办法,就是把荣禄和醇王府撮合成为亲家。西太后就是这样一个人,凡是她感到对自己有一丝一毫不安全的地方,她都要仔细加以考虑和果断处理。她在庚子逃亡之前,还不忘叫人把珍妃推到井里淹死,又何尝不是怕留后患?维护自己的统治,才是她考虑的一切根据。

就这样,当载沣于光绪二十七年(1910年)在德国赔礼道歉回来,在开封迎上回京的銮驾,奏复了一番在德国受到的种种"礼遇",十一月随驾走到保定,就奉到了慈禧"指婚"的懿旨。

光绪和太后归西之后,我的外孙溥仪就即位了。

谢谢大家!

袁世凯:世凯再次感谢荣中堂的厚爱,世凯也尽了臣子的责任。大清气数已尽,总得紧跟历史的潮流走啊。

雍正：荣禄能苦撑危局，功高盖世，我给你一个满分！

个人小传

　　荣禄 (1836 年—1903 年)，清末大臣。晚清军事家、政治家。字仲华，号略园，瓜尔佳氏，满洲正白旗人，出身于世代军官家庭，以荫生晋工部员外郎，后任内务府大臣，工部尚书，出为西安将军。因为受到慈禧太后的青睐，留京任步军统领，总理衙门大臣，兵部尚书。辛酉政变前后为慈禧太后和恭亲王奕䜣所赏识。官至总管内务府大臣。1903 年病死。谥"文忠"。编有《武毅公事略》，著有《荣文忠公集》、《荣禄存札》光绪二十四年 (1898 年) 四月以大学士署理，五月授，八月召回京。任期四个月。

创办保定陆军军官学校，问鼎中原

各位同僚，各位评委，大家好！

我是袁世凯，我曾三次和直隶总督结缘，护理、实任共计五年零三个月。

是李中堂和荣中堂给了我机会，培养了我，也才有我的后来。作为大清的臣子，我对大清很有感情，这份臣子之心不次于在座的任何一位。只是时代变了，时局要求我们也得变，这是任何人都阻挡不了的。

我想说说下面五个问题。

▌ 弃文从武 ▌

我自小喜爱兵法，志比天高，对兵书爱不释手。身边的燕雀哪知我的鸿鹄之志，他们叽叽喳喳嘲笑我是书呆子一个。我专心研读兵法，要做韩信那样的"万人敌"，像韩信那样手握十万精兵纵横天下！我写诗自勉："眼前龙虎斗不了，杀气直上干云霄。我欲向天张巨口，一口吞尽胡天骄。"诗句有些张狂，当时我也这么认为，不过我认为如果我连这份张狂都没有,还能成就什么惊天动地的功业呢?

但科场失意后,我把诗文一把火烧个干净。本想着投奔李鸿章大人,可是自己只是个拔贡的身份,不够资格接近朝廷大员,虽有满腹的军事理论,也难被李大人重用。于是,我带着亲信十余人到山东投奔淮军吴长庆。吴长庆与我养父有交情,所以就收留了我,对我很照顾,多次提拔重用。正是吴长庆给了我展示才华扬名立万的机会,这人生的第一步我走得非常成功!

▌朝鲜总督 ▌

机会在 1882 年降临到了我的头上,那年我 23 岁。朝鲜发生"壬午内乱",我跟随吴长庆的部队东渡朝鲜平叛。因为我提前与朝鲜使节详细了解了朝鲜国内的地理和其他情况,所以心中有数,主动请缨带队攻击叛逆军队。展示自己才能的时候到了,我身先士卒黎出去冲杀,军队深受感染,大获全胜,将叛乱的大院君抓到保定问罪。我一战成名,被朝廷委任为朝鲜总督兼通商大臣,常驻朝鲜。之后,我又成功剿灭了企图推翻闵氏家族统治的朝鲜叛党,同时打击了日本侵略势力,维护了朝廷在朝鲜的监国地位,牢牢地在朝鲜站稳了脚跟!

李鸿章大人鼓励我在朝鲜稳住政局,给北洋水师争取时间。我就是保证朝廷安危的第一道防线。就这样我坚守了 12 年!甲午战争爆发,北洋水师一败涂地,也结束了我在朝鲜的监国使命,随军撤到天津。之后,我在李鸿章大人、荣禄大人的保举下督办新军。

▎创办保定陆军军官学校 ▎

1895 年，我开始在天津与塘沽之间的小站练兵。外聘德国军官十余人担任教习，又从天津武备学堂挑选百余名学生提拔为各级军官，培养出徐世昌、段祺瑞、冯国璋、王士珍、曹锟、张勋等骨干亲信，让他们分别控制北洋六镇新军，真正属于我袁世凯的势力逐步蓬勃壮大！不久，我被擢升为直隶按察使，逐步朝着权力的最巅峰迈进。

练兵需要人才，人才需要专业的学校培养。于是，我在直隶总督署驻地保定创办了"保定陆军军官学校"，大力培养军事人才，为国家和我们北洋新军不断补充新鲜的血液。没有想到的是这个军校培养出了诸多影响历史的人物，如吴佩孚、李济深、孙传芳、蒋介石、张群、叶挺、张治中、傅作义、白崇禧、蔡廷锴等。想到这些我很欣慰，也再一次证明发展教育培养人才是最大的投资，因为人才的未来都是不可估量的。

▎天真的维新派 ▎

1898 年戊戌政变前，维新派代表人物谭嗣同曾面劝我出兵围攻慈禧太后居住的颐和园。面对光绪皇帝和慈禧太后之间的激烈权力争斗，我一时拿不定主意。我个人发展到这个地步不容易，一招棋错将满盘皆输，许多朝臣对维新党人都是敬而远之以观其变，我不能因小失大。经过多方面考虑，我认为光绪皇帝多年傀儡，满朝文武都是太后提拔的，即使软禁了太后也很难真正控制朝政，还是绑定太后这棵大树才是长久之计！于是，我深夜面见荣禄大人汇报了这个事情。天真的维新党在准备不足的情况下被抓捕斩杀于菜市口，慈禧太后继续垂帘听政。我随后接替李鸿章大人署理直隶总督兼北洋大臣，进入朝廷中枢。

▍中枢重臣 ▍

进入朝廷中枢后，各种显赫的职位自然到手。直隶总督、北洋大臣、政务大臣、练兵大臣、督办邮电大臣、督办铁路大臣、军机大臣、外务部尚书等纷至沓来，我用了二十多年完成了从贡生到一品大员的职场奋斗，而且手握重兵，真有当年曹操"挟天子以令诸侯"的气势！有了权力，我顺应时代发展，大力实施新政，废除科举、督办新军、建学校、办工业，成立第一支警察队伍，筹划修建中国第一条自主建造的京张铁路等。

1908年，光绪皇帝、慈禧太后相继辞世，载沣为摄政王。因为在维新派变法的时候我出卖过光绪皇帝，如今光绪的弟弟载沣掌权便竭力打击我，解除我一切官职，并伺机置我于死地。我多年重金收买的庆王奕劻提前给了我信息，我得以早早脱身，远离京城，到了自己的根据地才得以保命。这个时候的朝廷，能够依靠的人只有我培植起来的北洋势力，我虽然被免官，但我的亲信们都得到了重用。1911年，武昌起义爆发，迫于社会压力，朝廷宣布解散皇族内阁，请我出山担任内阁总理大臣，重新组阁。

朝廷大势已去，各种起义风起云涌，各省督抚宣告独立，清帝逊位，历史进入了另一番天地。

就说到这里吧。谢谢！

（评委们个个表情异样，无人给袁世凯满分，也不打算提问。）

光绪：袁世凯，有时间和我去坐坐，咱们好好聊聊。

袁世凯：臣遵旨。

我是袁世凯，我曾三次和直隶总督结缘。我创办了保定陆军军官学校，问鼎中原。

陆军军官学校

个人小传

袁世凯(1859年9月16日—1916年6月6日)，字慰亭（又作慰庭），号容庵，汉族，河南项城人，是中国近代史上著名的政治人物。曾是北洋军阀的领导人，在辛亥革命后，成为中华民国首任大总统，在位期间积极发展实业，统一币制，创立近代司法和教育制度。但后来在杨度等立宪人士的蛊惑下复辟称帝被推翻。

裕禄
放纵义和团

　　大家好，我是裕禄，喜塔腊氏，字寿山，满洲正白旗人。我们喜塔腊氏的祖先曾是太祖努尔哈赤和太祖的兄弟舒尔哈齐、雅尔哈齐的生母，这份家族的荣耀一直激励我们家族生生不息。我在光绪二十四年（1898年）八月以礼部尚书授直隶总督，任期一年十一个月。我的述职有以下几个方面。

‖ 放纵义和团 ‖

　　我担任直隶总督的时候是光绪二十四年，震动全国的天津教案已经发生了 30 年，在这 30 年里大大小小的针对洋教的传言和冲突很多，有的传言洋教专门抓小孩子做药引子，有的传言洋教神父取妇女的头发就可以让妇女自动来与神父淫乱，有的传言教堂的墙是用人皮和人血糊的……这些传言都达到了一个效果，那就是激化了百姓对洋教的仇恨，随时都可能爆发。

　　1900 年 5 月 12 日，保定涞水县高洛村发生教案，数千义和团在涞水县石亭镇伏击前来镇压的朝廷军官杨福同,并将其击毙。随后直隶中部的三万义和团占领了涿州城。一时间,直隶地区的义和团运动呈现出"诛不胜诛"的局面。

我对于义和团本来就是支持的,因为他们的主张是"扶清灭洋"。洋人这么多年把朝廷折腾得半死不活,在各种场合颐指气使,搞得我们不是签订条约就是出国谢罪。义和团这些民间武装正好可以替朝廷收拾洋人。

▎天津武清走麦城▕

1900 年,八国联军集结两万三千余人攻打大沽炮台,义和团和百姓们纷纷到我的行辕索要枪炮去抗击八国联军。我下令军械所打开大门让他们自行选择武器上战场,军民一心进行抗击。结果义和团迷信地认为自己"刀枪不入",白白地牺牲了许多人,八国联军攻占了大沽炮台。我将义和团英勇作战的情况上报给朝廷,并拿出银子来犒劳这些勇士们。

后来,战况日下,我退守天津北仓,北仓也被八国联军攻陷后,我感觉大势已去无力回天,便追随着义和团勇士们的精神自杀殉国了。天津武清就是我的"麦城",作为一个人我怕死,作为一个朝廷的官员,百姓们个个都置生死于不顾,我怎么能退缩呢,死得痛快!

谢谢!

光绪:裕禄同志能恪尽职守,以死殉职,赏赐满分一个!
同治:满分赏给裕禄!

个人小传

　　裕禄（约 1844 年—1900 年），字寿山，喜塔腊氏，满洲正白旗人。历任郎中、热河兵备道、安徽布政使、安徽巡抚、湖广总督。1889 年任盛京将军，派兵与直隶将军联合镇压热河金丹道教起义。

头断保定凤凰台

各位同事，评委，大家好！我是廷雍，爱好书画艺术的廷雍，没想到当官当死在了洋鬼子的刀下！

▌扶植义和团 ▌

列强们觊觎我们的国土，教士们也是得寸进尺，洋教在保定发展得很有势力，和保定百姓的矛盾也积攒很深。当年荣禄调动甘军驻防长辛店，这支甘军路过保定的时候纵火烧毁了保定北关外的法国教堂。法国教士本来已经同意在保定城中划定地方重建教堂，可是因为个别官员妥协示弱，又派官员查办，法国教士气焰嚣张又变本加厉索要赔偿，还贪心想拥有清河道署的地产。最后，经过保定知府沈家本的争取才算了了事儿。

保定教民势力越来越强大，成为不得不面对的社会问题。面对教民官府不好出面，弄不好就是涉外的国际外交问题。这时正好义和团兴起，他们高举"扶清灭洋"的旗帜，以民间社团形式和洋教抗衡，朝廷可以坐收渔翁之利。因为这个原因，我主张扶植义和团，时任直隶总督的裕禄也默认支持。这样义和团在直隶就快速壮大起来，让洋教势力坐立不安。这种效果正是我们所期望的。

保定教民

义和团发展壮大逐渐和洋教开始了正面冲突。在直隶境内，大量的教堂在短时间内几乎被烧尽，保定城外无数传教士被杀。在保定城区的传教士更是一个没留，包括传教士的子女在内。国内的教民也被杀百余名，一时间保定南城凤凰台血流成河，城内城外乱成一堆。我下令紧闭城门不让教民逃窜，并派遣部队协助镇压教民。

之后不久，八国联军攻陷天津，直隶总督裕禄自杀，朝廷调李鸿章再次担任直隶总督。李鸿章为躲避战乱迟迟不就任，于是朝廷命我以直隶布政使护理直隶总督，暂时负责直隶省军政。

头断保定凤凰台

八国联军攻入北京，慈禧和光绪皇帝西逃，留下荣禄在京善后。李鸿章北上赴京议和，我护理直隶总督结束。李鸿章下令直隶省不准抵抗八国联军。英、法、德、意四国军队占领了保定，大肆抓捕直隶省的官员，包括我在内。四国军在直隶总督署衙门内以《大清律例》进行审判，判处我、守尉奎恒、参将王占魁三人死刑，斩首地点特意选在屠杀教民的保定凤凰台。我的妻子燕佳氏服毒自尽。直隶总督裕禄的家眷也没有幸免，他的七个女儿被抓。被这些洋鬼子在保定城内先奸后杀，凄惨异常！

国家衰败,官员也跟着倒霉,就这样八国联军在北京、保定一带横行霸道,胡作非为,朝廷听之任之,真是颜面扫地……

打倒可恶的八国联军!我们得自强、自立,只有强大了才不会受欺负!

谢谢大家!

裕禄: 呜呜呜,可怜我的女儿们呐!洋鬼子,我恨你们!我诅咒你们!

光绪: 是可忍孰不可忍!义和团还可以和洋鬼子厮杀,我呢?废人!

李鸿章: 唉,北洋全军覆没,我们拿什么来抵抗?只能眼睁睁地受气了!郁闷呐。

雍正: 竟然发生这样禽兽不如的事情?洋毛子竟然侮辱我大臣的妻女,要你们干什么!都是喝西北风的吗?是听戏听多了,还是养蝈蝈养傻了?气死我了!

(乾隆以下的诸位皇帝全部起立接受雍正的训斥,很是惭愧。)

雍正: 我给廷雍一个满分,这样的臣子不容易呐!

光绪、乾隆、咸丰也一起举牌,给廷雍满分。

毕东坡: 八国联军还火烧了圆明园,之后的日子更不容易啊!只有自强才能保护好国人,保护好家人。

我扶植义和团，对
抗保定教民，最后
断头于凤凰台。

廷雍（1853年—1900年），栋鄂氏，满洲正红旗人，贡生，宗室。字绍民，一作邵民，号画巢，别号溪山埜客、梦兰、木兰。觉罗崇恩子。官直隶布政使护总督。工书宗北魏。善画山水，初法王翚，后出入王鉴、王时敏，而上窥倪、黄，苍润秀逸，齐集笔端。晚年作津门被水图卷，寥寥数笔，尤入化境。长题多佳句，足推生平杰作。光绪十四年(1888年)作退谷求源图。庚子之变，以同情义和团被杀。有《韬养斋笔记》《艺林月刊》《八旗画录》。光绪二十六年七月以直隶布政使护理，十月，因祖护义和团被八国联军枭首示众，为庚子事变中被八国联军所杀级别最高的中国官员。

周馥
北洋海军没钱买军舰

大家好,我是从淮军出来的,也是李中堂一手带起来的人,跟着李中堂做了点事情,可惜那个时代让我们的梦想都变成了尴尬的结局。

┃ 集贤书院 ┃

那时候,因为北洋通商事务经常和各国外商打交道,洋务运动开展需要各种各样的人才,为了更多地聚集能人志士,我奏请李大人在天津建集贤书院,招纳四方游士,又建文博书院,大力培育精通外语的人才。

因为总理海军事务的醇亲王奉旨巡阅北洋海防,李大人命我全权负责操办巡阅团的接待工作。随从文武官员有两百余人,接待礼仪、食宿安排、巡查路线、阅操程序都由我操办,跟随李大人陪同醇亲王到大沽、旅顺、大连、威海、胶州湾等地巡视,检阅海军实弹演习。我将醇亲王逐日详细巡阅的过程做了记录,醇亲王非常满意,并向朝廷保荐我为直隶按察使。

北洋海军没钱买军舰

我升任直隶按察使,同海军统领丁汝昌等议订了《北洋海军章程》。1891年,我随同李中堂视察北洋海军,李大人深感时事艰难,缺少必要的军费,炮弹准备不足,一旦发生战事,北洋水师防务堪忧。全国官民都把防务的希望压在李大人的北洋水师身上,再加上水师建设多年,朝廷倾尽财力支持,各种社会舆论也把北洋水师推到了风口浪尖上。外人看热闹,我们北洋内部的人深知其中的实际情况,各种实弹演习、各种朝廷的巡阅都是面子工程,演习再好不是实战,这些形式主义对于提升军力毫无益处,反倒因此浪费了不少财力和人力。

北洋缺钱!而朝廷内部特别是翁同龢对北洋非常苛刻,太后老佛爷也是宁愿花钱修花园也舍不得拨款买炮弹。李大人多次和我坦言道:向朝廷要钱很难,只能不断向上申请资金,如果朝廷不给予充足的军费支持,一旦北洋水师一败涂地,他将无法立足,便会成为误国之人。李大人和我谈论这些内心隐忧的时候,我认为朝廷不会这么不管不顾,也没有预计到日本的海军实力确实比我们强,结果中日一战,北洋水师覆灭,多年的心血毁于一旦!

谢谢大家,谢谢李中堂!感谢李中堂让我从一名助理人员成长为封疆大吏,能为国家和人民做点事情。

谢谢!

李鸿章:玉山能恪尽职守,多少年来我们合作很愉快,凡事尽力就好!

　　周馥（1837年—1921年），字玉山，号兰溪，安徽建德（今东至）人。早年因多次应试未中，遂投笔从戎，在淮军中做了一名文书。后又升任县丞、知县、直隶知州留江苏补用、知府留江苏补用。清同治九年（1870年），以道员身份留直隶补用，其间积极筹划建立北洋海军事宜，同时还创办了中国第一所武备学堂——天津武备学堂。光绪三年（1877年）任永定河道；七年（1881年）任津海关道；九年又兼任天津兵备道；十年（1884年），奉李鸿章之命到渤海编练民舶团练；十四年（1888年）升任直隶按察使。甲午战争爆发后，被任命为前敌营务处总理。马关议和后，以身体病弱自请免职。

吴重熹
赎回电极总局、京汉铁路

大家好！我是吴重熹，山东海丰人，1902 年署理直隶总督。我和大家说说以下三个方面。

┃ 收回中国电报总局 ┃

光绪八年（1882 年），官办的电报总局经营状况不好，亏损甚大，朝廷便改为官督商办，招股集资，分年缴还官办本银。初期主要股东有盛宣怀、郑观应、经元善、谢家富、王荣和等。到光绪三十四年（1908 年），电报局共架设商线 41417 里，电话局赢利显著，经营势头很好，成为众人眼红的肥肉，也成为朝廷眼红的肥肉。朝廷已经不愿意继续官督商办，决定花钱赎回所有权。

朝廷派袁世凯为督办电政大臣，当时我是直隶布政使，奉命配合袁世凯一起将电话局收回。我们和电话局的股东们经过多次协商，最后以每股 180 元赎回，电话局变成了官办。

▌赎回京汉铁路的管理权▐

甲午战争后，朝廷修筑了第一条铁路——卢汉铁路，相应生产钢轨的汉阳铁厂也应运而生。可朝廷资金有限，根本无法支撑这项庞大的工程。朝廷计划实行官督商办，由全国富商集股修建，可是朝廷在富商们那里积累下来的信誉很差，所以没有富商响应。朝廷便只好大举外债，借款修路的消息一出，列强们蜂拥而至，争相给予贷款。朝廷最后选定向比利时借款，并签订合同，合同规定借款期限为30年，一切行车管理权均归比利时公司掌握。这就等于我们在国内坐火车得向比利时公司买火车票，完全丧失了铁路主权！

光绪三十三年（1907年），我经过深思熟虑，向朝廷提议筹款赎回京汉铁路的管理权。我四处奔走，代表朝廷从英国汇丰、法国汇理等银行借贷，加上朝廷的500万两白银拨款，从比利时公司手里赎回了京汉铁路的管理权。

▌创办中国红十字会▐

光绪三十年（1904年），我参与创办了"万国红十字会上海支会"，这也是中国最早的红十字会。1912年正式改名为中国红十字会。

赎回电报局、京汉铁路、创办红十字会，这些事情是我作为朝廷官员、作为中国人应该做的，不能作为个人功劳来评说。况且，我们主要是大举借债来买回主权的，很无奈。

谢谢。

嘉庆：居然这么缺钱！要是再有一个和珅的话，电话局呀、铁路呀根本就不是问题了！还要向洋人借款过日子，穷成这样还要打肿脸装富裕，真是丢人呐。

光绪：这种局面，大清迟早是要灭亡的，就算不改朝换代，我们连外债都还不清，也抬不起头啊。

个人小传

吴重熹(1838年—1918年)，山东海丰(今无棣)人。字仲怡，亦字仲饴、仲恲、号蓼舸、石莲、晚号石莲老人，室名石莲庵、石莲闇(有《石莲闇诗·词》)、石莲轩、石莲龛。举人。1900年由江安粮台道升福建按察使。此后，历任江宁布政使，驻沪会办电政大臣，江西巡抚，邮传部右侍郎、左侍郎。1908年出任河南巡抚。1910年召北京供职。著有《闲闲老人滏水文集校札记、附录》、《津步联吟集、词》(与李葆恂同撰)，辑有《海丰吴氏文字·诗存》、《九金人集》、《石莲龛山左人词》等。

我大清，一言难尽呐

杨士骧

妥善处理胶州湾事件

诸位好！我是杨士骧,老家安徽泗州。1907年我调任直隶总督,任职两年。听说报纸上都在传播我的绯闻,说我爱吃猪羊肉、媳妇不让进屋睡觉什么的。感谢大家对我这么关注,这也是我"老杨"的幸运呐。

关于述职我说以下几点:

妥善处理胶州湾事件

1871年,德国统一成为新兴的欧洲强国,德皇威廉二世急于扩张本国的殖民地来追赶英法,他们的眼光就瞄准了青岛。威廉二世在1896年、1897年分别派遣德国远东舰队司令和海军建筑、工程方面的顾问来青岛,对胶州湾地区进行秘密调查。他们从军事角度看到了胶州湾的四大优点:有安全的停泊处;容易设防而不需太多费用;附近有煤田,能提供很大的经济利益;气候适宜欧洲人生活。这些利好信息极大地刺激着威廉二世,促使他们作出决定,找机会找借口占领胶州湾。1897年,他们获悉两名德籍教士在曹州巨野被义和团杀死,便以此为借口,于11

月 13 日,将三艘德国军舰突然开进胶州湾,在短时间内顺利登陆并占领了青岛。

胶州湾事件发生后,德国向朝廷提出租借胶州湾 99 年,并准许德国享有修筑胶济铁路的特权。我是山东巡抚,朝廷不想与德国开战也不想在条约上签字,山东百姓群情激愤,我夹在中间责无旁贷要去处理这件事情。我首先将曹州区域盗贼集中清理了多次,让德国人找不到把柄,同时以最高的礼仪与德国人谈判,耗着他们。《辛丑条约》后,八国联军相继撤出京津地区,德国也把胶州湾还给了我们。

▌治河减赋▐

袁世凯改任北洋大臣筹办新军后,我调任直隶总督,凡是新军需要的经费我都竭力去配合。光绪三十四年(1908 年),永定河泛滥,殃及京津地区,我带人经过实地勘察,查出永定河卢沟桥下年久失修,淤塞严重。我奏请朝廷拨款 46 万两进行永定河治理。后来光绪帝驾崩,修陵工程兴师动众,民怨沸腾。我向朝廷奏请不要向老百姓摊派,以减轻京畿地区的百姓负担。我还对京畿地区的田赋和徭役进行改革。可惜的是,我的这些想法虽然很好,也只是一厢情愿而已,无法变成现实。

朝廷到了这个地步,民不聊生,国将不国。在这个阶段,我能做的事情也就是这些了。

谢谢大家!

光绪:杨总督能在朝廷危难时机为朝廷分忧真是良臣呐。我非常羡慕你们能在自己的职位上大干一场,而我却被关了起来,无法发挥。

咸丰：没有想到我的继任者都是摆设，朝廷的大权竟然落到了叶赫那拉氏手里！朝廷的事情没有处理好。唉！

个人小传

　　杨士骧（1860年—1909年），字萍石，号莲府，安徽泗州（今泗县）人。光绪十二年进士，授翰林院编修、庶吉士。官历直隶通永道道员、直隶按察使、江西布政使、直隶布政使。1905年1月署理山东巡抚，1906年9月任山东巡抚。一年后调任至直隶总督。整顿山东河务、严考核，厉赏罚。继袁世凯主持北洋，练兵筹饷，奉行无违。巡阅永定河工，请浚下游河口，修筑减坝。疏请新政不得滥派民间。宣统元年（1909年）卒。

那家花园唱京戏

大家好，我是那桐，叶赫那拉氏，我简单地和大家聊聊。

宣统元年（1909年）五月，我以大学士、外务部会办大臣署理直隶总督，署理半个月。

皇族内阁

我生在晚清，和荣庆、端方并称"旗下三才子"，被满人内部视为新生代政坛希望之星，我们还有绰号呢，很好听："大荣、小那、端老四"。荣庆官居军机大臣，我和端方后来都到了直隶总督的位置上，算是没有辜负满人的期望吧。

我是满人科考举人出身，八国联军攻陷北京的时候，我奉命留京善后，协助庆王奕劻、直隶总督李鸿章与联军议和。后来，我升任户部尚书、外务部会办大臣，奉命到国外考察银行、税务方面的事务，学习外国的先进做法，并回国对金融体系进行改革。

1911年，迫于国内立宪呼声，以摄政王载沣为首的皇族组成了新内阁,设立外务部、学部、民政部、度支部、陆军部、海军部、法部、农工商部、邮传部、理藩部等十部。十部部长加上内阁总理、两个副总理,一共"13个常委",满族9人、汉族4人,庆王奕劻为内阁总理,我和北洋徐世昌为副总理。

设立内阁名义上是促成君主立宪体制实现,实际上是集中满族统治权力。地方上的权力也都集中到皇族内阁中,一下子引起了地方官员和全国人民的强烈反对。皇族内阁昙花一现,各省督抚纷纷独立,孙中山领导的起义更是进行得如火如荼。面对现实,皇族内阁取缔,请袁世凯出山重组内阁,我担任新内阁顾问。

| 超级追星族 |

作为朝廷重臣的我却是个超级戏迷。我对京剧的酷爱是"出类拔萃"的,我的"狂热追剧"行为甚至超过当今的"追星族"。从乾隆爷开始,京剧、蛐蛐、鼻烟壶这三样东西已经成为我们满人生活里不可或缺的元素。特别是京剧,名角辈出,优秀的戏班子越来越多。不管是在宫里的宴会上,还是在京城的休闲街,京胡声、吊嗓子音总让我深深地迷恋。光绪年间京城有著名的十三名角,程长庚、杨月楼、谭鑫培、刘赶三等就是社会名流争相邀请的香饽饽,用现在的词来说就是大腕!古有高力士为李太白穿靴,我也效仿古人给谭鑫培作揖磕头,换来谭老板精彩的演唱。我不认为这是失身份,这是尊重艺术,尊重艺术家。

我是个超级戏迷，酷爱京剧，我的狂热行为甚至超过当今的"追星族"。没想到我的那家花园后来竟成了"明星"。

那家花园

我于光绪十二年（1886年）搬到金鱼胡同，这地方原来只有住宅部分，后东西扩延，占地合计25亩，房廊300多间，号称"那家花园"。清帝逊位后，我移居天津，那家花园就成了政客名流举办大型活动的场所，我收取租金，小小赚了一笔。孙中山先生曾三次到那家花园出席晚会。

我一生就爱京剧，没想到我的园子在后来也变成了"明星"，我很开心呐，哈哈哈……

光绪：那桐总督还能笑出来，难为你这份"想得开"了，满人如此，大清不灭也对不起天下了。

个人小传

那桐（1856年—1925年），字琴轩，叶赫那拉氏，隶属内务府满洲镶黄旗人，晚清"旗下三才子"之一。光绪十一年（1885年）举人，历任内阁大学士、户部尚书、外务部尚书、编纂官制大臣、曾办税务大臣、总理各国事务衙门大臣、军机大臣、皇族内阁协理大臣、弼德院顾问大臣等职。

创办幼儿园，命丧保路运动

大家好，我是端方，正白旗人，我可不是纨绔子弟，客观地讲我对教育、政治等都有自己的一番思考，可惜生不逢时啊。

有人罩着就是好

我1882年中举人，也是那桐说的"旗下三杰"之一。我是一直支持戊戌变法的，能够以君主立宪体制让国家富强起来，何乐而不为呢？可惜，变法不久以后就失败了，太后重新垂帘听政，开始对支持变法的人进行追究。因为我"三杰"之一的名声，被旗人视为未来之星，太后爱惜人才，便下旨让荣禄、李莲英将我保护了下来，免受株连。俗话说大难不死必有后福，我奉朝廷之命主持北京农工商局的局务。感激太后恩情之际，我创作了《劝善歌》，太后很喜欢这个作品，金口一开赐予我三品顶戴，我的好时候便开始了。朝廷外放我出任陕西布政使、护理陕西巡抚。不久，八国联军攻入北京，太后和光绪皇帝到陕西避祸，我加一百个心地小心伺候着，也因伺候到位立下了功劳。太后提拔我做了两江总督。

创办幼儿园等新式教育

我受新潮思想影响很大,曾率团到日本、美国、英国、法国、德国、丹麦、瑞典、挪威、奥地利、俄国 10 个国家进行君主立宪体制学习考察,深刻地感受到我们和列强之间的巨大差距! 不论我在陕西、湖北、两江、湖南还是京城就职,我一直鼓励当地学子出洋留学,并以官方的名义对这些留洋的学生进行资助,让他们到国外开开眼界,好好学习,成为顺应时代发展的人才。国内原有的教育已经很难适应时代发展了,拥有更新更开放更广博知识的人才才有舞台。

顺应形势发展,张之洞在两湖掀起兴办新式学堂的热潮。我作为巡抚开始着手创办第一所国内的幼儿园,创立中国第一个学前教育机构,并且聘请了日本的幼稚园园长和保姆对孩子们进行学前教育。幼稚园除去不负责伙食外,唱歌、游戏、服装、图书、语言等所需的一切全部免费。这只是试行的第一所幼稚园,虽然创办起来比较容易,但是推广下去还需要时日。

金石学家

因为曾被别人讥笑我不懂古董收藏,我觉得很丢人。为了雪耻,我下大工夫研究金石书法、古董收藏,特别是在陕西任上,那里古墓葬成群,古董很多。我广泛收集且一发而不可收,青铜器、碑刻、古印等无所不包无所不收。经过多年的积累,那些曾经讥笑我的人也闭上了嘴巴,远远地被我甩到了后面。考察十国的时候,我更是广泛收集国外的古董文物,像古埃及文物、各国金币等,羡慕死了国内同行。

谢谢!

咸丰： 满人后辈若都能如端方般上进，那就好了。可惜，早已一盘散沙。没有大环境，你就是再有本事儿，也只能白白浪费了。

那桐： 端方确实是很优秀的政治家、外交家、教育家，但是他将好多的国宝流传到了美国，那就是罪人了！

端方： 这是我最大的污点，交友不慎吧，让好多的国宝流入美国。其实对于我这样很痴迷收藏的人来说，更加痛苦！这样吧，为了我这个无法弥补的失误，我自愿上缴罚款 10000 两。

毕东坡： 严重欢迎！

个人小传

端方（1861 年—1911 年），托忒克氏，字午桥，满洲正白旗人，金石学家。光绪八年（1882 年）中举人，历督湖广、两江、闽浙，宣统元年调直隶总督，后被弹劾罢官。宣统元年起为川汉、粤汉铁路督办，入川镇压保路运动，为起义新军所杀。谥忠敏。著有《陶斋吉金录》《端忠敏公奏稿》等。宣统元年（1909 年）由两江总督改任直隶总督，十一月革职。任期六个月。

陈夔龙
买个模特当老婆

各位评委、同僚们，大家好！

我是陈夔龙，贵州人，宣统元年（1909年）十月由湖广总督改任，三年十二月病休。任期两年零两个月。我和大家说两方面的事情。

▌老婆有干爹▐

官场如戏场，除去真才实学外更重要的就是人际关系，朝中有人好做官。我出身寒门，朝中无人，只好以讨好上司为首要标准求得升官发财。我前面娶过两个媳妇，不巧的是她们都早早病死了，后来我又娶了浙江名门徐氏。徐氏非常善于交际，特别善于结交王公家眷，京城皇亲国戚家的福晋、格格等对徐氏这位南国佳人非常欢迎，徐氏成了我的好帮手。后来，徐氏和庆王奕劻家的三个女儿成了姐妹，拜奕劻的福晋为干妈，我一下子成了奕劻的干女婿！我精心地爱护徐氏这位千金不换的好妻子，通过庆王的提携不久便升任总督级别的封疆大臣。

我与徐氏只生有一女，对其万分疼爱，可是孩子得病身亡，徐氏悲伤万分回江苏静养。通过庆王安排，我从河南巡抚调任江苏巡抚，才得以和徐氏团聚。朝廷又调任我为四川总督，徐氏认为四川道远艰险，不乐意让我到四川赴任，便又央求庆王这个干爹。庆王继续安排改任我为湖广总督。封疆大吏级别的官员调动，我媳妇徐氏就能摆平，庆王这个干爹被我媳妇哄得相当听话。想成功就得找这样的媳妇，还要有这样的干爹！

▌买个模特当老婆▐

干爹奕劻不光好色，还好钱，要满足庆王的胃口就得送钱。为了配合好媳妇徐氏的各种打点，我做官这么多年来主要的任务就是捞钱，捞足了钱就存在租借银行。因为局势动荡，我要准备好自己的退路。

民国后，我隐居上海深居简出，袁世凯、蒋介石等请我我都不出山了，过两天舒心日子。好媳妇徐氏去世，我专门买了和徐氏相像的一个模特，定制绸缎衣裙套在她身上，摆在房间里与我日夜相对，直到终老。

谢谢！

雍正：陈夔龙就是典型的政客，也是政治关系学、裙带关系学的专家呀！

嘉庆：有走入仕途绝境的，就有在仕途游刃有余的，不求万世的功名，但求自身的舒服，这样的官员其实也相当不得了啊。

光绪：蛀虫！反腐败首先应该针对的就是陈夔龙这样的！

陈夔龙（1857年—1948年），字筱石，号庸庵。善书画。贵州贵阳人，于清光绪元年(1875年)考取举人第一名，后曾为四川总督丁宝桢的幕僚。光绪十二年(1886年)参加全国会试，中三甲进士。随后历任兵部主事、郎中、总理各国事务衙门章京、内阁侍读学士、顺天府尹、大理寺卿等。光绪二十六年(1900年)八月十四日，八国联军攻陷北京后，陈被任命为留京办事八大臣之一，又再任顺天府尹。光绪二十七年(1901年)十二月后，调河南布政使，升漕运总督，历河南巡抚、江苏巡抚、四川总督、湖广总督等。宣统元年(1909年)调任直隶总督兼北洋通商大臣。辛亥革命后，寓居上海，1948年在上海逝世，享年92岁。

张镇芳
末任总督弃政从商

大家好,我是张镇芳,最后一任直隶总督,河南人。我和大家说几件事情。

燃两支香火

我父亲张瑞祯寒窗苦读40载,50岁才中举。为了让我在科举路上早得志,父母对我严格教育,熟背四书五经,就是读诗词的声调错了父亲也会立即指正。我每天几乎都是闻鸡而起,开始新的一天的学习。晚上背诵诗文时,书房不许点灯,只准点燃两支香,父母的意图是让我专心致志,避免分神。父母的心血没有白费,秋闱乡试我考中举人第一名解元,8年后考中进士,29岁进入仕途。

辛苦追慈禧

光绪二十六年(1900年)八国联军侵入北京,慈禧太后和光绪皇帝西逃到陕西避难。我和军机处、礼部、内阁中书等一般官员都换上了便装,准备从北京西直门追赶太后。没走多远便有人跑着返回,说前面有打散的兵丁专门拦路抢劫。我便绕道河南项城,筹措盘缠,从河南转往陕西,历尽千辛万苦,追到潼关才追上太后。太后被我的忠诚所打动,命我在陕西司暂时任职,为朝廷效劳。一下子,我这个级别不高的京官进入了太后的视线,给太后留下了非常好的印象。太后重新回京后,恩赏我四品官衔。

到了光绪二十八年(1902年),表哥袁世凯升任直隶总督兼北洋大臣,我被委任为银元局会办、盐运使等,我恪尽职守、革除弊政,为国库增收近60万两白银。与英国人谈判开滦煤矿主权时,我又因表现突出,升为二品官员。此时,表哥袁世凯被朝廷免去了直隶总督的职务,我便代理直隶总督一职,成为清朝最后一名直隶总督。

┃尽愚忠,后弃政从商┃

1917年6月,张勋趁着黎元洪与段祺瑞的矛盾,率兵进入北京,通电全国复辟成功,把12岁的宣统皇帝扶上帝位,号召遗老遗少前来参见皇帝。我也出于对大清的忠诚,毫不犹豫地参与了复辟,去拜见皇帝以及复辟功臣张勋、康有为等。不成想,复辟只坚持了12天便草草收场。复辟不得人心,段祺瑞重新执政,我被逮捕入狱,后来保外就医居住在天津。

在天津联合原来的关系,我成为北方银行的董事长,后来又担任盐业银行董事长。从此不问政治,走上了经商之路。

就这些,谢谢!

大家好，我是张镇芳，最后一任直隶总督，年少时我背诵诗文，父亲只准燃两只香火。这是为了让我集思静心，慢慢养成勤学强记的习惯。

毕东坡：张镇芳总督是我们这次述职活动的最后一位，我们的秘书处正在整理这次述职会的各方面结果，大家可以先自由地交流一下。

个人小传

　　张镇芳（1863 年—1933 年），河南项城人，字馨庵。袁世凯表弟。清光绪进士。养子为"民国四公子"之一的张伯驹。历任天津道、长芦盐运使、湖南提法使、署理直隶总督等职。民国成立后，任河南都督兼民政长。1914 年调回北京，次年支持袁世凯复辟帝制，与失启铃等同被列为"七凶"。袁死后参与张勋复辟，任内阁议政大臣、度支部尚书，复辟失败后被捕。1918 年获释，在天津任盐业银行董事、董事长。1933 年病死。

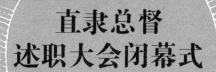

直隶总督
述职大会闭幕式

没有参加述职的总督名单

鄂弥达（？—1761年），满洲正白旗人。乾隆二十年（1755年）九月以刑部尚书署理，同年十二月离任。署理三个月。

王暮（生卒年不详），雍正十年（1732年）七月以直隶布政使护理直隶总督。

庆祺（？—1859年），字云舫。宗室。咸丰八年（1858年）六月以盛京将军授直隶总督，九年二月卒。任期八个月。

恒福（？—1862年），额勒德特氏，字同川。蒙古镶黄旗人。咸丰九年（1859年）二月以河南巡抚迁，十一年正月病免。任期一年十一个月。

崔永安（生卒年不详），字磐石。汉军正白旗人，进士。宣统元年（1909年）十月以直隶布政使护理。护理约二十天。

毕东坡：以上几位，有的是因为没有准备好述职报告，有的是因为"实在是无话可说"，所以干脆就没有上台。我想问问评委们的意见，你看咱们对他们是原谅呢，原谅呢，还是原谅呢？

雍正：大家也都听累了，实在没什么说的，也就不必了，省得浪费时间。

乾隆：看看统计情况吧，我们表彰一下。

毕东坡：组委会秘书处正在紧张地统计结果，请大家稍微等待一下。吃些水果吧，这可是易县产的，中秋节快到了，这个时候的水果特好吃。

述职表彰大会

易县清西陵总部一品酒店内，一曲《春江花月夜》彻底放松了参加直隶总督述职大会的大臣们的神经。

毕东坡：大家安静一下，安静一下。下面我给大家通报一下此次述职大会的奖罚情况。

一、罚款明细

雍　正：罚款 10000 两

乾　隆：罚款 30000 两

嘉　庆：罚款 10000 两

端　方：罚款 10000 两

刘于义：罚款 100 两

罚款合计：60110 两

二、奖励明细

蒋攸铦：7个满分

曾国藩：7个满分

刘长佑：5个满分

郑大进：4个满分

廷　雍：4个满分

王　鼎：4个满分

李鸿章：4个满分

官　文：3个满分

孙嘉淦：2个满分

刘　墉：2个满分

陈大文：2个满分

胡季堂：2个满分

裕　禄：2个满分

那彦成：2个满分

唐执玉：1个满分

李　绂：1个满分

李　卫：1个满分

陈大受：1个满分

方观承：1个满分

刘　峨：1个满分

裘行简：1个满分

屠之申：1个满分

张树声：1个满分

荣　禄：1个满分

共计：24人，60个满分

经七大评委协商，决定将10110两划归组委会作为活动经费使用。剩余的50000两作为奖金颁发给以上24人。

现将奖金发放结果公布如下：

特等奖：蒋攸铦、曾国藩，每人奖励10000两；

一等奖：刘长佑，奖励5000两；

二等奖：李鸿章、王鼎、廷雍、郑大进，每人奖励3000两；

三等奖：官文，奖励2000两；

四等奖：孙嘉淦、刘墉、胡季堂、陈大文、裕禄、那彦成，每人奖励1500两；

五等奖：唐执玉、李绂、李卫、陈大受、方观承、刘峨、裘行简、屠之申、张树声、荣禄，每人奖励200两。

请光绪、同治为五等奖获得者颁奖，请咸丰、道光为四等奖获得者颁奖，请嘉庆为三等奖获得者颁奖，请乾隆为二等奖获得者颁奖，请雍正为一等奖获得者颁奖。

最后，请七大评委共同为特等奖获得者颁奖！

我们安排了"刘墉书画展"、"廷雍书画展"、"孙嘉淦书法展"、"李绂说'王学'"、"曾国藩说'家书'"、"陈夔龙'模特伴我50年'"等展览、讲座活动，欢迎大家多多参与。

此次述职会到此结束。

附　直隶总督任职年份汇总表

年号	直隶总督任职年份		
雍正	李维钧（1723—1725）	蔡珽（1725）	李绂（1725—1726）
	宜兆熊（1726—1728）	何世璂（1728—1729）	杨鲲（1729）
	唐执玉（1729—1731）	刘于义（1731—1732）	王暮（1732）
	李卫（1732—1733）	顾琮（1733）	
乾隆	李卫（1733—1738）	孙嘉淦（1738—1741）	高斌（1741—1742）
	史贻直（1742—1743）	高斌（1743—1745）	那苏图（1745—1746）
	陈大受（1749）	方观承（1749—1755）（1756—1768）	鄂弥达（1755）
	杨廷璋（1768—1771）	周元理（1771—1779）	英廉（1779）
	杨景素（1779）	周元理（1779—1780）	袁守侗（1780—1781）
	英廉（1781）	郑大进（1781—1782）	英廉（1782）
	袁守侗（1782—1783）	刘峨（1783—1790）	
嘉庆	梁肯堂（1790—1798）	胡季堂（1798—1800）	颜检（1800）
	姜晟（1800—1801）	熊枚（1801）	陈大文（1801—1802）
	熊枚（1802）	颜检（1802—1805）	熊枚（1805）
	吴熊光（1805）	裘行简（1805—1806）	秦承恩（1806）
	温成惠（1806—1813）	章煦（1813—1814）	那彦成（1814—1816）
	托津（1816）	方受畴（1816—1822）	
道光	长龄（1822）	屠之申（1822）	松筠（1822）
	颜检（1822—1823）	蒋攸铦（1823—1825）	那彦成（1825—1827）
	屠之申（1827—1829）	松筠（1829）	那彦成（1829—1831）
	王鼎（1831）	琦善（1831—1837）	

年号	直隶总督任职年份		
咸丰	穆彰阿（1837）	琦善（1837—1840）	讷尔经额（1840—1853）
	桂良（1853—1856）	谭廷襄（1856—1858）	瑞麟（1858）
	庆祺（1858—1859）	文煜（1859）	恒福（1859—1861）
同治	文煜（1861—1862）	崇厚（1862—1863）	刘长佑（1863—1867）
	官文（1867—1868）	曾国藩（1868—1870）	
光绪	李鸿章（1870—1882）	张树声（1882—1883）	李鸿章（1883—1895）
	王文韶（1895—1898）	荣禄（1898）	袁世凯（1898）
	裕禄（1898）	廷雍（1900）	李鸿章（1900—1901）
	周馥（1901）	袁世凯（1901—1902）	吴重憙（1902）
	袁世凯（1902—1907）		
宣统	杨士骧（1907—1909）	那桐（1909）	端方（1909）
	崔永安（1909）	陈夔龙（1909—1911）	张镇芳（1911）

（资料来源：百度百科）

我大清，一言难尽呐

参考书目

1. 陈杰著,《袁世凯传》,吉林大学出版社,2010 年 5 月版.

2. 陈美健等编,《莲池书院》,方志出版社,1998 年 11 月版.

3. 池子华著,《曾国藩传》,安徽人民出版社,2008 年 6 月版.

4. 成臻铭著,《清代土司研究》,中国社会科学出版社,2008 年 6 月版.

5. 二月河著,《乾隆皇帝》,长江文艺出版社,2001 年 2 月版.

6. 高阳著,《李鸿章》,黄山书社出版,2008 年 5 月版.

7. 郭豫明著,《捻军史》,上海人民出版社,2001 年版.

8. 黄慧贤、陈锋著,《中国俸禄制度史》,武汉大学出版社,2005 年 5 月版.

9. 贺文宣编著,《清朝驻藏大臣大事记》,中国藏学出版社,1993 年 6 月版.

10. 上海师范学院编,《义和团运动》,上海人民出版社,1971 年版.

11. 史海洋编著,《中国皇后传》,中国人事出版社,2005 年 1 月第二版.

12. 史景迁著,《太平天国》,广西师范大学出版社,2011 年 9 月版.

13. 吴光远著,《正说清朝十二臣》,大众文学出版社,2005 年 5 月版.

14. 阎崇年著,《清十二帝疑案》,中华书局,2006 年 9 月第二版.

15. 喻大华著，《道光皇帝》，长江文艺出版社，2009年2月版.

16. 叶海鹰、季宇著，《淮军》，安徽人民出版社，2010年8月版.

17. 叶子文著，《咸丰皇帝》，中国华侨出版社，2008年12月版.

18. 张传玺主编，《简明中国古代史》，北京大学出版社，2007年1月第四版.

19. 赵尔巽等编，《清史稿》，中华书局，2010年9月第八版.

20. 马西沙著，《清代八卦教》，中国人民大学出版社，1989年9月版.

21. 臧瀚之等编，《二十五史故事》，京华出版社，2005年7月版.

22. 张晶晶著，《清代钦差大臣研究》，学苑出版社，2011年4月版.

23. 张鸣著，《北洋水师》，海洋出版社，2011年5月版.